A E
& I

El mundo

Autores Españoles e Iberoamericanos

Esta novela obtuvo el Premio Planeta 2007,
concedido por el siguiente jurado: Alberto Blecua,
Alfredo Bryce Echenique, Pere Gimferrer,
Carmen Posadas, Soledad Puértolas, Carlos Pujol
y Rosa Regàs.

Juan José Millás

El mundo

Premio Planeta
2007

© Juan José Millás, 2007 ©

Editorial Planeta, S. A., 2007
Diagonal, 662-664, 08034 Barcelona (España)

Primera edición: noviembre de 2007 Depósito

Primera reimpresión(USA): Noviembre de 2007

Depósito Legal: B. 48.516-2007

ISBN 978-84-08-07596-7
ISBN 978-84-08-07754-1

Printed in Canada - Impreso en Canada

PRIMERA PARTE

—

EL FRÍO

Mi padre tenía un taller de aparatos de electromedicina. Los reparaba, los inventaba, los deducía de publicaciones norteamericanas. No sabía inglés, pero era capaz de interpretar un esquema, un plano o un circuito con la facilidad con la que otros leen un síntoma. Por su taller pasaron aparatos de rayos X y pulmones de acero con los que mis hermanos y yo jugábamos, no siempre a los médicos. Entre los ingenios que más me impresionaron, recuerdo un aspirador de sangre perteneciente a la época anterior al bisturí eléctrico, cuando las heridas abiertas por el cirujano se inundaban, impidiendo la visión del órgano a operar. El aspirador dejaba la herida limpia en cuestión de segundos. La sangre se recogía en un recipiente de cristal de boca ancha, como los de las aceitunas a granel; probablemente fuera un frasco de aceitunas, pues en casa no se tiraba nada. Los tapones de los tubos de la pasta de dientes servían, por ejemplo, como mandos para los aparatos de radio. Más tarde, con la aparición del bisturí eléctrico, que cauterizaba la herida al tiempo de infligirla, los aspiradores, creo, pasaron a la historia.

Mi padre presumía de haber sido el primero en fabricar un bisturí eléctrico en España, aunque seguramente tomó la idea de una publicación extranjera. Recuerdo haberle visto inclinado sobre la mesa del taller, efectuando cortes en un filete de vaca, asombrado por la precisión y la limpieza del tajo. No olvidaré nunca el momento en el que se volvió hacia mí, que le observaba un poco asustado, para pronunciar aquella frase fundacional:

—Fíjate, Juanjo, cauteriza la herida en el momento mismo de producirla.

Cuando escribo a mano, sobre un cuaderno, como ahora, creo que me parezco un poco a mi padre en el acto de probar el bisturí eléctrico, pues la escritura abre y cauteriza al mismo tiempo las heridas.

Mamá no tardaría en prohibirle desperdiciar los filetes de carne en aquellos ensayos. Empezó a trabajar entonces sobre rodajas de patatas, pero se cansó en seguida. Nada como la textura de la carne, excepto, añado yo, la textura de la página.

Otro ingenio con el que alcanzó cierta celebridad fue el electroshock portátil, un aparato del tamaño de un bestseller con varios compartimientos, en uno de los cuales se guardaban los electrodos. Solía contar que un día, hablando en el jardín de un manicomio con su director, un loco lo reconoció como el proveedor de aquellos artilugios y le arrojó desde una ventana un tiesto que le rozó un hombro. El electroshock estuvo muy cuestionado en los años setenta del pasado siglo, pero creo que ha vuelto. En algún sitio he leído que Cabrera Infante, que era bipolar, pidió en alguna ocasión que se lo aplicaran.

Mi padre pasó sus últimos días en una residencia de ancianos adonde yo iba a verlo, no con mucha frecuencia pero sí de un modo regular. Se había vuelto bulímico, de manera que solía acercarme a la residencia sobre el mediodía, para invitarle a almorzar, y lo volvía a dejar a la hora de comer. De esta forma, los días que iba a verle comía dos veces, pero podría haberlo hecho tres o cuatro. Era insaciable. Y no estaba gordo. Fue siempre un hombre fibroso, menudo, ágil, incluso a los ochenta años (murió a los ochenta y dos). Solía llevarle a un Kentucky Fried Chicken, esa cadena de pollos fritos fundada por un coronel norteamericano al que mi padre adoraba por militar, por inventor y por haberse hecho rico gracias a una receta cuyos ingredientes, según me explicaba con admiración, eran secretos, como los de la coca cola.

Durante aquellas comidas me hablaba con frecuencia de los beneficios del electroshock y me contaba sus primeras experiencias con el aparato, que habían resultado desalentadoras. Me pareció entender que pudo llevarlas a cabo gracias a un médico de Valencia, un psiquiatra que le prestaba a los locos para que experimentara con ellos. Nunca lo expresó de un modo claro, pero daba la impresión de que se refería a esa época con sentimiento de culpa.

—El problema —decía— es que al principio aplicábamos a los locos corriente alterna. La corriente alterna cambiaba de dirección constantemente y dejaba el cerebro hecho polvo. Entonces, se me ocurrió que había que aplicarles corriente continua. La corriente continua es como un brisa que sopla siempre en la misma dirección, peinando, sin dañarlo, un campo de trigo.

Al decir lo del campo de trigo, hacía con la mano un gesto solemne. Parecía que estaba viendo las espigas (o las neuronas) inclinarse suavemente frente a la caricia del aire (o de la electricidad).

Cuando lo devolvía a la residencia, yo cogía el coche y regresaba a Iberia, donde entonces me ganaba la vida. Me metía en mi despacho, que era un cubículo con forma de ataúd, me hacía un porro y me perdía en ensoñaciones hasta que la gente volvía de comer. Recuerdo haber llorado un par de veces porque en aquella época estaba flojo, deprimido, y la obsesión de aquel hombre con el electroshock y el pollo frito me desasosegaba.

El taller de mi padre estaba situado en la parte de atrás de la casa, separado de ésta por un patio de cemento. La parte de delante daba a una especie de jardín comunicado con el patio de atrás por un callejón sombrío en el que crecía un árbol con la corteza negra. El taller tenía cuatro dependencias dispuestas en batería, dos de las cuales se utilizaban como almacén de material. La casa, por su parte, tenía dos pisos y un desván. En el piso de abajo se encontraban al principio los dormitorios, el cuarto de baño y una habitación multiusos que durante una época fue la alcoba de los chicos (llegamos a ser cuatro chicos y cinco chicas), además de una especie de despacho en el que mi padre llevaba su oficina. En el de arriba estaban el comedor, la cocina, un aseo minúsculo y otras dos o tres habitaciones. Más tarde, la cocina y el comedor se trasladaron al piso de abajo y los dormitorios se colocaron todos en el piso de arriba. Hacíamos continuamente cambios de este tipo sin encontrarnos a gusto con ninguno.

Encima de uno de los almacenes anexos al taller había un cuartito cerrado, al que se accedía por unas escaleras exteriores, de cemento. Se lo había reservado el dueño de la casa para guardar objetos y libros de su propiedad con los que no sabía qué hacer. Mis hermanos y yo acabamos forzando su puerta. El interior, iluminado por un ventanuco lleno de polvo y telarañas, estaba repleto de trastos y de libros. Había, entre las cosas que nos sorprendieron, un par de floretes, un cáliz, y también una edición entera de un libro en el que se pretendía demostrar que Cristóbal Colón era gallego. Probablemente, entre aquellos libros y aquellos objetos hubiera algo valioso. De ser así, el dueño de la casa no era consciente, pues lo que no destrozamos nosotros lo mearon los gatos o se lo comieron las ratas que entraron detrás de mí y de mis hermanos.

Pagábamos de alquiler mil pesetas al mes, que no era poco si añadimos que se trataba de una ruina. Tenía goteras. Las ventanas encajaban mal; el cemento del patio estaba roto; las paredes, desconchadas; las vigas, podridas... Entre la puerta que daba al jardín de delante y la que daba al patio de atrás había durante el invierno una corriente constante (y cortante) de aire frío, un punzón invisible que llegaba hasta la médula de la vivienda. No sé si es científicamente posible tener frío en la médula, pero ahí es donde se instaló, en el tuétano de cada uno de nosotros y en el tuétano del grupo familiar, cuando nos trasladamos desde Valencia a Madrid. Yo contaba seis años.

En el principio fue el frío. El que ha tenido frío de pequeño, tendrá frío el resto de su vida, porque el frío de la infancia no se va nunca. Si acaso, se enquista en los penetrales del cuerpo, desde donde se expande por todo el organismo cuando le son favorables las condiciones exteriores. Calculo que debe de ser durísimo proceder de un embrión congelado.

Recuerdo el tacto de las sábanas, heladas como mortajas, al introducirme entre ellas con mi sesenta por ciento de esqueleto, mi treinta o cuarenta por ciento de carne y mi cinco por ciento de pijama. Recuerdo la frialdad de las cucharas y de los tenedores hasta que se templaban al contacto con las manos. Recuerdo la insensibilidad de los pies, que parecían dos prótesis de hielo colocadas al final de las piernas. Recuerdo los sabañones, Dios Santo, que se ponían a picar en medio de la clase de francés o de matemáticas, y recuerdo que si caías en la tentación de rascártelos sentías un alivio inmediato, pero en seguida respondían al estímulo multiplicando la sensación de prurito. Recuerdo que aprendí esta palabra, prurito, a una edad absurda, de leerla en los prospectos de aquellas cremas que no servían para nada. Recuerdo sobre todo que el frío no venía de ningún lugar, por lo que tampoco había forma de detenerlo. Formaba parte de la atmósfera, de la vida, porque la condición de la existencia era la frialdad como la de la noche es la oscuridad. Estaba frío el suelo, el techo, el pasamanos de la escalera, estaban frías las paredes, estaba frío el colchón, estaban fríos los hierros de la cama, estaba helado el borde de la taza del retrete y el grifo del lavabo, con frecuencia estaban heladas las caricias. Aquel frío de entonces es el mismo que hoy, pese a la calefacción, asoma algunos días del invierno y hace saltar por los aires el registro de la memoria. Si se ha tenido frío de niño, se tendrá frío el resto de la vida.

Colocábamos en el alféizar de la ventana, antes de acostarnos, un vaso con agua que al día siguiente amanecía helada, lo que nos parecía un milagro. Tocábamos el hielo con la punta de los dedos para ver si comprendíamos con ellos, con los dedos, lo que no comprendíamos con la cabeza. Pero tampoco los dedos entendían aquel fenómeno explicable en términos científicos, no emocionales. Más complicado fue entender que el frío quemaba, pero lo cierto es que un día me abrasé los labios al llevarme a la boca un pedazo de cobre que encontré en el jardín, a primera hora de la mañana. Me gustaba el sabor del cobre; todavía, al pronunciar la palabra cobre, siento un cosquilleo eléctrico en la punta de la lengua. El cobre sabe a electricidad. Mi padre guardaba decenas de bobinas de cobre en la parte de su taller dedicada a almacén.

Nos colocábamos la chaqueta del pijama sobre la camiseta de tirantes, que era una segunda piel, y nos metíamos tiritando en la cama. A veces me masturbaba, no tanto por placer como por la curiosidad de que de un cuerpo yerto saliera un jugo caliente. Cuando las heladas alcanzaban una crueldad insoportable, se preparaban botellas de gaseosa con agua hirviendo para introducirlas entre las sábanas. A mí me daban pánico porque a veces estallaban. En el colegio circulaban leyendas según las cuales el estallido, si te masturbabas, coincidía con la eyaculación, de modo que durante unos instantes se confundía una cosa con otra. Para que no estallaran, metíamos dentro una alubia. Aunque de mayor averigüé que aquel remedio carecía de base científica, nadie recuerda que reventara una botella sometida a este tratamiento.

Una vez a la semana tocaba limpieza general del cuerpo. El cuarto de baño era una estancia destartalada y fría, fría, fría. Tenía una bañera con patas, pero nos lavábamos en un barreño que mamá colocaba en el centro de la habitación. He empezado a decir «mamá» ahora, tan mayor, pero siempre he dicho «mi madre». Mamá, pues, colocaba un barreño de agua hirviendo en el centro del cuarto de baño. Como era imposible desnudarse allí sin perecer, prendía un plato lleno de alcohol cuya llama, casi invisible, proporcionaba un calor tan intenso como fugaz. Aprendí entonces que el aire caliente tiene la propiedad de ascender hacia las capas altas de la atmósfera. El aire templado por el alcohol subía, pues, hacia el hondo techo y el frío procedente del suelo te envolvía de nuevo en seguida, como un sudario. Pero durante los segundos de calor el cuerpo era feliz.

14

Mi padre (todavía no me sale el «papá», pero estamos empezando) calentaba el taller con una de esas estufas redondas, de hierro fundido, como la que teníamos en el cuarto de estar y que, alimentada con carbón, se ponía al rojo vivo. Qué expresión, rojo vivo. Se llama así, supongo, porque es un rojo dinámico, agresivo, elocuente, vivaz. A veces, el hierro daba la impresión de trasparentarse, pero se trataba de una alucinación proporcionada por aquellas tonalidades violentas. Como las habitaciones eran grandes y los techos altos, sólo notabas el calor en la parte del cuerpo expuesta a la estufa. Se daba el caso de tener la cara ardiendo y la nuca helada, o al revés. Era un mundo hecho a la mitad: teníamos la mitad del calor que necesitábamos, la mitad de la ropa que necesitábamos, la mitad de la comida y el afecto que necesitábamos para gozar de un desarrollo normal, si hay desarrollos normales. De algunas cosas, sólo teníamos la cuarta parte, o menos.

Mi padre se pasaba las horas muertas en el taller, ensimismado sobre un circuito eléctrico, canturreando tangos. Se sentaba en un taburete muy alto, como los de aparejador, con la estufa colocada a su espalda. Un día, un hermano mío y yo nos encontrábamos allí, castigados por algo, cuando pasó cerca de nosotros un gato (había tantos como ratas) al que mi hermano cogió e introdujo en una media de nylon desechada que había ido a parar al taller. No sé cómo logró hacerlo sin que el animal se quejara. Pero lo cierto es que lo consiguió y remató la tarea con un nudo. Después arrojó aquel raro embutido debajo de la mesa, a los pies de mi padre, como si fuera una bomba que estalló, literalmente, pues al animal le dio un ataque de desesperación y se liberó de la media como una llama negra, colocándose en uno de los extremos del taller en posición de ataque. Mi padre hizo volar el circuito en el que trabajaba por los aires. Se asustó tanto que, en vez de reñirnos, todavía pálido, nos explicó que los gatos eran mucho más peligrosos que los perros. Saltaban, dijo, sobre la cabeza de sus víctimas, de donde no había forma de apearlos, y le arrancaban los ojos en un suspiro. El suelo del taller estaba roto, como todo lo demás, y lleno de limaduras frías.

Todo estaba roto. Cuando yo nací, el mundo no estaba roto todavía, pero no tardaría en estarlo. Soy el cuarto de una familia de nueve. Me preceden una chica y dos chicos. Cada uno se lleva con el anterior quince o dieciséis meses. Nací en Valencia, donde pasé los seis primeros años de mi vida, antes del traslado a Madrid. De Valencia recuerdo, el sol, la playa y algunas secuencias inconexas, como pedazos de película rescatados de un rollo roto:

• Me veo, por ejemplo, de la mano de mi madre. Estamos en un mercado donde ella adquiere algo que paga con las monedas que extrae de un monedero negro, con el cierre de clip. Pienso que en ese recipiente lleva el dinero que le han dado (¿el Gobierno?, ¿Dios?) para toda la vida y se me ocurre que es una irresponsabilidad sacarlo a la calle. Si lo perdiera o se lo robaran, qué sería de nosotros.

• Ahora estoy en un sitio alto, quizá en la cama de arriba de una litera. Hay a mi alcance unas cortinas que dividen el espacio en dos partes. Sé que no debo ver (ni oír) lo que ocurre al otro lado de las cortinas, pero no puedo dejar de hacerlo. Aunque no comprendo lo que veo (ni lo que oigo), me da miedo.

• En otro de esos trozos de película hay un pasillo en uno de cuyos extremos estoy yo con mi madre. Ella permanece agachada detrás de mí, cogiéndome de la cintura. Me pregunta al oído, riéndose, quién creo yo que es la persona que se encuentra al otro extremo del pasillo, detrás de las cortinas que limitan el recibidor. Las cortinas tiemblan ligeramente. Todo está oscuro, en blanco y negro. Yo sé que es mi padre el que las hace temblar, pero también sé que es un hombre. Hay ocasiones en las que papá es sólo papá y ocasiones en las que es sólo un hombre. Cuando sólo es un hombre, como ahora, me da miedo. Mi madre me empuja para que corra a abrazarle y yo me echo a llorar porque no quiero abrazar a aquel hombre.

No todo el caudal de esta época está formado por imágenes inconexas. Es verano, sábado o domingo, y mi madre, mamá, está preparando la comida para ir a la playa. Esa noche he soñado que al hacer un hoyo en la arena encontraba una peseta. Se lo cuento a mi madre, que va de un lado a otro de la cocina, colocando cosas, y no sé si me escucha. Luego estamos en la playa, debajo de una sombrilla. Mis hermanos han corrido al agua. Mi madre dice que por qué no hago un hoyo, a ver si encuentro la peseta del sueño. Me pongo a escarbar y al poco aparece, en efecto, la moneda, el tesoro. Todos los días de mi vida recordé esta historia que implicaba la realización de un sueño. Me la contaba a mí mismo una y otra vez, como si no comprendiera su sentido. Muchos años después, tumbado en el diván de una dulce psicoanalista, una mujer llamada Marta Lázaro, la volví a contar, volví a contarme la historia de aquel sueño realizado y de súbito, para no ahogarme por la emoción, tuve que incorporarme: acababa de descubrir que mi madre, mamá, había escondido aquella moneda en la arena antes de sugerirme que hiciera el hoyo. En el instante de este segundo descubrimiento, mi madre llevaba más de un año muerta y ocupaba casi todas las horas de mi análisis. La anécdota está atribuida a un personaje de *La soledad era esto,* publicada en 1990.

Otra imagen de la playa: voy por la arena solo, corriendo entre los cuerpos tumbados al sol. Uno de esos cuerpos reclama mi atención. Pertenece a un hombre vestido con pantalones y camisa blancos. Lleva unos zapatos, también blancos, de los de rejilla, y se tapa la cara con un sombrero del mismo color. Duerme. Me quedo mirándolo, extrañado. En esto, viene un poco de aire que le descoloca el sombrero y veo su rostro. Es mi padre, pero sobre todo es un hombre. Salgo corriendo, espantado, hacia donde se encuentra mi madre, pero no le digo que papá está allí a unos metros de nosotros, como si no nos perteneciera o no le perteneciéramos. No sé qué hacía allí.

Otro día, también en la playa, hemos alquilado un patín, esa embarcación rudimentaria compuesta por dos flotadores paralelos unidos por cuatro o cinco

18

travesaños. Estamos sobre él, en equilibrio inestable, mis hermanos y yo, además de papá. De repente, al imaginar el abismo que se abre debajo de nosotros, tengo un ataque de pánico. Quiero volver a la orilla. Mi padre me coge del brazo, me aprieta muy fuerte y me mira como si me quisiera matar, como si me fuera a matar. Se ha convertido en un hombre. Esa noche, en la cama, tengo la fantasía de que me peleo con él y le venzo.

Todavía un poco más de Valencia: Voy al colegio de la mano de mi madre (la mano de mi madre, ¿cuántas veces ha de emplear esta expresión un hombre que relata su vida?). Voy, pues, de la mano de mi madre. Todos los días nos cruzamos con otra madre que lleva de la mano a su hijo ciego, quizá, pienso yo, a un colegio especial, de alumnos ciegos y profesores ciegos. Los imagino moviéndose como bultos por las estancias de ese centro especial. No sé por qué, me viene a la cabeza la idea de que entre todos esos niños hay uno que, aunque finge ser ciego, ve. Me estremece la idea. Todavía ahora, al imaginar a ese crío impostor en clase, en el comedor, en el recreo, siento una incomodidad inexplicable. El caso es que cuando nos cruzamos con el niño que no ve, yo cierro los ojos y camino algunos metros a ciegas para intentar averiguar qué siente el niño ciego, cómo es su universo, de qué manera percibe los peligros. Pero los abro en seguida, aterrado. Un día se me ocurre la idea de que mientras yo permanezco con los ojos cerrados, el niño ciego ve, de modo que empiezo a cerrarlos con frecuencia, en clase de matemáticas, de geo-

19

grafía, durante la comida, en el recreo, también en el pasillo de casa, en el cuarto de baño, en la cocina... Tengo la convicción absurda de que entre ese niño y yo hay un vínculo misterioso que nos obliga a compartir la vista. Llega así un momento en el que paso casi la mitad del día con los ojos cerrados. Las monjas empiezan a llamarme la atención; mi madre me pregunta si me ocurre algo; empiezo a producir inquietud a mi alrededor. Poco a poco, abandono esta costumbre. Un día, dejamos de cruzarnos con el niño ciego. Me olvido de él. Muchos años más tarde, ya convertido en escritor, me acuerdo de aquella historia y decido hacer un reportaje sobre los ciegos. Para ello, paso una jornada en su compañía, con los ojos tapados por un antifaz. Lo hago para que el niño ciego de mi infancia pueda ver el mundo, sin interrupciones, durante un día entero. Caso cerrado, deuda cancelada. Ya no debo sentirme culpable de ver.

El colegio, en Valencia, era de monjas. Dejábamos los abrigos, al llegar, dentro de un armario. Durante la jornada, pensaba a veces en él, en el abrigo dentro del armario. Me parecía que las prendas de vestir tenían un poco de vida y que estaban deseando que volviéramos a rescatarlas de la oscuridad. No recuerdo cómo aprendí a leer, me recuerdo leyendo en un libro de texto algo sobre don Pelayo. Se me quedó ese nombre, don Pelayo. Por lo demás, pronunciaba muy mal. En casa me llamaban *lengua de trapo*. A veces me miraba la lengua en el espejo, para comprobar que era de carne. Pero cuando dejaba de mirarla, la sentía realmente como un pedazo de fieltro. En más de una ocasión, la pasé por encima de las chaquetas, de los pantalones, de la ropa interior de mis hermanas y mi madre, convencido de que, al ser de trapo, poseía cualidades especiales para apreciar el sabor de aquellas prendas. Mi dificultad para pronunciar determinadas letras hacía gracia a los mayores. En las reuniones familiares me pedían que recitara poesías subido a una silla.

Cuando entraba en clase una monja determinada, cuyo nombre no recuerdo, yo notaba entre las ingles un movimiento anormal que sólo podía tratarse de una forma muy primaria de excitación venérea. El sexo.

El viaje de la familia a Madrid marcó un antes y un después, no sólo porque después fuimos pobres como ratas, o porque antes no hiciera frío, sino porque gracias a aquel corte sé perfectamente a qué etapa corresponde cada recuerdo. En la etapa de antes, una noche de Reyes vi, mientras me desnudaba, a un rey mago al otro lado de la ventana. Observé que mis hermanos no se habían dado cuenta y no dije nada.

Hay un momento en la etapa de antes de Madrid en el que se empieza a hablar del viaje. Parece que nos vamos de Valencia, pero la información se nos da de forma harto contradictoria. Las bocas de los adultos dicen cosas que sus ojos desmienten. Lo que aseguran las bocas es que se trata de mejorar. Madrid es la capital, un lugar en el que las oportunidades se multiplican, en el que hay de todo (pronto advertiría que no había playa, ni mar, ni calor, entre otras cosas esenciales), en el que uno puede llegar a ser lo que quiera... Estos mensajes van dirigidos sobre todo a mis hermanos mayores. Yo soy un oyente residual que escucha voces cuyos significados desconoce, aunque soy quizá el único capaz de advertir el contraste entre el mensaje de las bocas y el de los ojos.

Se trataba, en realidad, de un viaje desesperado. Una de las noches anteriores a la partida estoy en la cama, despierto. Se abre la puerta y entran mis padres. Me hago el dormido. Mis hermanos lo están. Mis padres nos dan un beso y vuelven a salir de la habitación, pero se dejan la puerta abierta. Están quitando los cuadros del pasillo. Mi madre, con un rencor inconcebible, pide a mi padre que arranque también las alcayatas, que no deje nada, aunque destroce la pared. Impresiona escuchar su rabia, su amargura, su desesperación. Quizá su miedo. El miedo de los mayores produce pavor en los pequeños.

Viajamos en un tren con los asientos de madera. Llegamos a Madrid muy tarde, por la noche, y dormimos en una pensión de Atocha. Mi padre, mis hermanos y yo ocupamos una habitación enorme, con camas muy altas, de hierro. En la habitación hay un lavabo en el que mi padre, antes de acostarse, orina. Al darse cuenta de que lo estoy observando con extrañeza, se vuelve y me dice:

—Todo el mundo hace esto en las pensiones.

Al día siguiente vamos a la casa, tomamos posesión de ella. Es verano, de manera que no tenemos frío, todavía no. La casa se encuentra lejos, en una calle llamada de Canillas, dentro de un barrio conocido por el nombre de Prosperidad. Se trata de un suburbio, pero todavía no sabemos qué es un suburbio, por lo que tampoco captamos la contradicción. Los críos nos entusiasmamos al ver aquel jardín, aquel patio, aquellos cuartos traseros llamados talleres. No nos cansamos de subir y bajar las escaleras, de abrir puertas, de descubrir rincones nuevos. La llegada, de momento, confirma lo que decían las bocas. No tardaría mucho en cumplirse lo que expresaban los ojos.

Durante el verano, para que no le molestáramos, nuestro padre nos obligaba a leer el Quijote por turnos, sentados en un banco del taller. Aquel modo de entrar en contacto con la obra de Cervantes fue un desastre. Cuando podíamos, nos escapábamos a la calle. Pero la calle era un territorio prohibido. Pronto se nos notificó un secreto: nosotros no pertenecíamos a la clase social de los chicos que jugaban en la calle. No debíamos mezclarnos con ellos. ¿Dónde estaban entonces los que pertenecían a la nuestra? En otros lugares, en otros barrios a los que no podíamos acudir porque carecíamos de la ropa adecuada, de los zapatos adecuados, del dinero preciso. Habíamos caído en una condición infernal. Valencia, desde la distancia, se convirtió entonces no sólo en un espacio luminoso, cálido y con mar, sino en el Paraíso Perdido.

Cuando empecé a crecer, ya estaba todo roto: rotas las vidas de mis padres, eso era evidente, y rotas las nuestras, que habíamos sido violentamente arrancados de la clase social y del lugar al que pertenecíamos. Cuando pasó el verano, nos dimos cuenta de que también la casa estaba rota. Si llovía, aparecían goteras que nos obligaban a desplazar las camas de sitio para colocar cubos que cada tanto era preciso vaciar. Si hacía viento, las corrientes de aire entraban de forma violenta en las habitaciones provocando estremecimientos sonoros en los bastidores de las ventanas, cuyos delgados cristales se agitaban como atacados por una embestida de pánico. No cerraban bien las puertas porque todo estaba fuera de quicio, de lugar, nada encajaba en su molde, tampoco las palabras con las que intentaban explicarnos por qué habíamos caído en aquella situación indeseable.

La calle de Canillas, por otro lado, era el límite de la realidad. Más allá se extendía una sucesión de vertederos y descampados amenazadores, una especie de nada sucia que flotaba hasta donde alcanzaba la vista.

Los chicos íbamos al colegio Claret, cuyos curas se establecieron en aquel barrio casi al mismo tiempo que nosotros, situándose en uno de sus bordes. Aunque he dedicado gran parte de mi vida a escapar de aquellas calles, no estoy seguro de haberlo conseguido. A veces, en la cama, pienso en ellas como en un laberinto en cuyo interior vivo aún atrapado. Quizá ese sentimiento explica las crisis claustrofóbicas de las que soy víctima con alguna regularidad. Lo cierto es que a pesar de haberme hecho mayor, todos los días, a las nueve de la mañana, cojo la cartera y voy al colegio, del que vuelvo al mediodía para regresar a él después de comer.

Y en cada uno de estos viajes compruebo que el mundo era un lugar extraño. Y misterioso. ¿Lo hacía eso atractivo? Desde luego que no, aunque también es cierto que dentro de la aspereza cotidiana se producían momentos de una dicha casi insoportable.

La presión del tópico me empuja a decir que mi padre se relacionaba con sus herramientas como si fueran prolongaciones de su cuerpo, un conjunto de prótesis. Del mismo modo que el lenguaje nos utiliza y nos moldea hasta el punto de que, más que hablar con él, somos hablados por él, mi padre parecía hablado por las herramientas que tenía siempre al alcance de sus manos. Cuando murió y lo incineramos y guardamos sus cenizas en el columbario en el que reposaban ya las de mi madre, nadie se ocupó de incluir también su nombre en la lápida. Parecía que sólo estaban allí las cenizas de mamá, cuya urna, por cierto, era también más grande y retórica que la de mi padre. Hace un par de meses decidí recoger las de los dos, pues en alguna ocasión habían expresado, de un modo más o menos vago, que les gustaría acabar en el mar. Tras una serie de penalidades burocráticas y el abono de una cantidad de dinero, me citaron en el cementerio un día de finales de diciembre, a las nueve de la mañana. Acudí en taxi, pues no me sentía con ánimos para conducir, y le pedí al conductor que me esperara. Los funcionarios llegaron puntuales y en compañía de ellos me dirigí a la instalación donde se encontraban los columbarios, una nave gigantesca, de techos muy altos, que parecía un congelador industrial.

Tras arrancar la lápida en la que sólo figuraba el nombre de mamá, rompieron a golpes de martillo un frágil tabique de rasilla al otro lado del cual aparecieron las urnas. Hacían su trabajo con respeto, pero de forma rutinaria, claro, mientras yo me preguntaba si debía darles al terminar una propina. De mi boca salía vapor, como cuando de pequeño iba al colegio con la nariz helada. Me facilitaron unas bolsas para guardar las urnas y tomaron nota de la matrícula del taxi en el que había acudido a recogerlas. Formalidades. La lápida de mármol con el nombre de mi madre se quedó en un rincón de la nave. ¿No habría sido una excentricidad cargar también con ella? Deposité las urnas en mi cuarto de trabajo, dentro de un armario situado a espaldas de la mesa en la que escribo, y en el que guardo también las agendas y los cuadernos usados. Ahí permanecen desde entonces, restableciéndose del frío de los años pasados en el columbario del cementerio de la Almudena. Telefoneé a mis hermanos para decirles que las había recuperado, por si alguno tuviera que viajar a Valencia y quisiera ocuparse de arrojarlas al mar. Mis hermanos me agradecieron que hubiera tomado la iniciativa, pero ninguno se ofreció a cumplir el encargo. Lo haré yo, aunque no sé cuándo, todavía no quiero. Su compañía alivia una culpa remota. Mira, papá, le digo, el bolígrafo me utiliza a mí como las herramientas te utilizaban a ti. Escribo en un cuaderno cuadriculado. Concibo la escritura como un trabajo manual. Cada frase es un circuito eléctrico. Cuando accionas el interruptor, la frase se tiene que encender. Un circuito no tiene que ser bello, sino eficaz. Su belleza reside en su eficacia.

Si la pasión de mi padre eran las herramientas, la de mi madre eran las medicinas. Las ferreterías y las farmacias han quedado asociadas en mi imaginación como instituciones complementarias. No hay nada comparable al manejo de unos alicates, sobre todo bajo la influencia de algún fármaco. Algunos prospectos advierten de que no se debe utilizar maquinaria bajo el efecto de determinadas medicinas. Para mí es al revés. Durante años fui incapaz de utilizar el bolígrafo, que es mi alicate, sino después de haber ingerido algún medicamento. Me gustaba el optalidón, que todavía existe, aunque con una composición distinta a la de entonces. Mi madre fue adicta a él como mi padre al destornillador. Su éxito se debía a que tenía en su composición una pequeña dosis de barbitúrico. El barbitúrico, además de sus bondades químicas, gozaba del prestigio de ser la sustancia elegida por las actrices norteamericanas para suicidarse. El mito. Nosotros, al ingerirlo, sólo nos suicidábamos un poco, como correspondía a una condición en la que todo se vivía a medias. La época durante la que más los consumí coincide con mi ingreso como auxiliar administrativo en la compañía Iberia. Llegaba a sus oficinas a las ocho de la mañana, me servía un café de los de máquina, me iba a mi mesa y me tomaba con el primer sorbo un par de optalidones (su eficacia era mayor si los ingerías con una bebida caliente). A los diez minutos se instalaba entre la realidad y yo una suerte de nebulosa que facilitaba nuestra rela-

27

ción. La realidad parecía menos afilada, perdía aristas, punta, agresividad... Hasta el tedio adquiría la blandura de un colchón de plumas. Bajo los efectos del optalidón, cuando el jefe no me miraba, escribía poemas con un bic negro de los de punta fina. He ahí la alianza entre la ferretería y la farmacia, dos universos morales condenados a entenderse.

¿Descubrí primero las herramientas o los fármacos? No estoy seguro. Las herramientas estaban, en apariencia, más a la vista que los fármacos, pero recuerdo ahora una noche en la que mi hermano mayor nos enseñó un frasco de éter que había descubierto en el taller de papá. Ignoro qué utilidad le daría a aquel anestésico y tampoco sé de qué forma había descubierto mi hermano sus efectos narcóticos. El caso es que un día, al poco de que mis padres se fueran al cine tras habernos dejado en la cama, mi hermano cruzó el patio, entró en el taller y regresó con el frasco, cuyo contenido empapó en un trapo que luego aplicó a nuestras narices. Empezó por Manolo, continuó por mí y, finalmente, se lo aplicó a sí mismo.

Sucedió que mis padres no encontraron entradas y regresaron en seguida. Al entrar en nuestro cuarto y percibir el olor se pusieron a dar gritos, muy alarmados. Los recuerdo despertándonos con violencia, abriendo las ventanas y moviendo el aire con las sábanas. Pero los recuerdo como si ellos se encontraran en una dimensión de la realidad y yo en otra, para lo que tampoco me era necesario el éter.

Mi madre me quiso. Quiero decir que me prefería. Eso me salvó. Tengo acerca de mí la idea, posiblemente absurda, de que me he salvado. ¿De qué? Del infierno, desde luego. La idea de la salvación, en nuestra cultura (en nuestro mundo) está asociada a evitar el infierno más que a conquistar el cielo. ¿En qué habría consistido el infierno? En ser un individuo opaco, intransitivo, sin intereses culturales, sin inquietudes filosóficas, sin ambiciones literarias, tal vez sin tendencias burguesas.

¿Mi madre me salvó? Quizá sí, pero en el instante mismo de perderme. Actuó, pues, como el bisturí eléctrico de mi padre, que hería y cauterizaba la herida al mismo tiempo. Sueño a veces con una escritura que me hunda y me eleve, que me enferme y me cure, que me mate y me dé la vida.

Al poco de nacer mi hermano pequeño, estaba yo un día viendo cómo mi madre le daba de mamar, cuando se volvió hacia mí y me ofreció el pezón.

—¿Quieres tú también? —dijo.

Me quedé espantado. Tendría ocho o nueve años. Creo que salí corriendo del dormitorio. Trabajé esta escena durante horas en mi análisis, sin alcanzar ninguna conclusión. Hace poco leí en algún sitio que para entender una experiencia has de convertirla primero en una vivencia. De otro modo, se queda ahí, enquistada, como un tumor al que todos los días, al desnudarte, observas con perplejidad, sin saber qué debes hacer por él o él por ti. Quizá aquella experiencia, debidamente elaborada (transformada en vivencia), podría haberme sido de alguna utilidad. Pero continúa dentro de mí como una materia prima intratable.

Cuando digo que mi madre me prefería, quiero decir que estaba enamorada de mí. Por lo visto, me parecía mucho a ella; era, en palabras de la gente, su «vivo retrato». Vivo retrato, qué conjunción tan extraña de términos. Quizá fue la primera de una serie de expresiones del tipo de gas natural, penosa enfermedad, revestimiento cerámico, flema británica, envejecimiento prematuro, capilla ardiente, alivio sintomático, tiempo muerto, rojo vivo, etc., que empecé a almacenar, como un coleccionista, en la memoria.

Su vivo retrato, eso era yo. Tenía su nariz, su boca, sus dientes, su pelo. Cuando me veía a mí, se veía a sí misma, como Narciso en el reflejo del agua. Yo, en cambio, no me veía en ella. Yo no me veía a mí ni en el espejo. Pero parece que la deseaba, y mucho. A esa conclusión llegué en el diván. Mi vida ha estado determinada por aquel deseo que en el momento de manifestarse provocaba un gran rechazo (de nuevo la unión de contrarios). No me veía en el espejo porque cuando me asomaba a él descubría, en efecto, el rostro de mi madre sobre un cuerpo infantil. Era un espanto. Entonces tomé la decisión de no parecerme a ella y ése fue el proyecto más importante de mi vida. Me miraba en el espejo y ponía caras. «Poner caras» era un modo de buscar una identidad. Me pasaba las horas poniendo caras que no se parecieran a la de mi madre. Llegué a adquirir tal práctica que podía mantener durante horas las cejas en una posición antinatural. Corregí la forma de los labios, sobre todo la del superior, que se elevaba en el centro mostrando los dos dientes centrales, las dos palas, que eran idénticas en la boca de mamá y en la mía. Ignoro cuántos músculos tiene el rostro, pero creo que llegué a controlarlos todos y cada uno. Aún hoy, cuando me cruzo por la calle con alguien a quien no me apetece saludar, altero mis facciones de manera que no se me reconoce. Mi héroe de adolescencia sería, lógicamente, Fantomas.

Tras el rostro, le tocaba el turno al cabello, así que un día, en la peluquería, pedí que me cortaran el pelo a cepillo. El peluquero soltó una carcajada. Era imposible hacer ese corte en alguien con un cabello tan rizado como el mío (como el de mi madre, puesto que era suyo). Todo el mundo se rió de mi ocurrencia. Mientras la gente se reía, escuché el ladrido de un perro proveniente del patio interior al que daba el local. El animal pertenecía a uno de los peluqueros, que era cazador. Nunca he olvidado aquellas risas, ni aquel ladrido. Ni el patio interior, al que logré asomarme un día para ver al perro, cuya mirada mantuve durante unos segundos angustiosos.

No parecerme a mi madre. Comencé a comparar sus gestos y los míos, su entonación de voz y la mía, sus giros verbales y los míos... Me quedé espantado al comprobar que era, en efecto, una réplica suya. Hablaba como ella, movía los brazos como ella, intentaba imponer mis opiniones como ella. Durante años (durante toda la vida en realidad), estuve desmon-

31

tándome y volviéndome a montar de otro modo. Hacía esto mientras crecía, mientras mis piernas y mis brazos se alargaban y me convertía en un adolescente. No desmontaba, pues, una materia inerte, una naturaleza muerta, sino un proceso. Cuando desmontas un proceso, al volver a montarlo, las piezas han cambiado de tamaño.

Los resultados, creo, fueron sorprendentes. En la actualidad me parezco más a mi padre que a mi madre. Un día, no hace mucho, al entrar en un hotel de una ciudad extranjera, me miré en el espejo de la recepción y vi a mi padre en el tránsito de la madurez a la vejez. Estuve observándome —observándolo— un buen rato con expresión de sorpresa. Mamá había perdido la batalla.

Pero no la había perdido. Mamá ganó todas las batallas, aunque perdió la guerra. Pobre.

Mi primera novela, *Cerbero son las sombras*, fue calificada por un crítico solvente como un extraño experimento «antiedípico». Creo, en efecto, que me convertí en una especie de antiedipo. Habría matado con gusto a mi madre para quedarme a vivir con mi padre...

En cuanto al asunto del pezón, durante una época lo olvidé, lo borré más bien, y no sólo el pezón de mi madre, sino todos los demás. Cuando veía un escote en el cine, deducía el pecho entero, claro, pero sin pezón. Llegué a creer que los pechos de las mujeres eran completamente lisos. Un día, mirando una revista pornográfica con un par de amigos, tuve un ataque de pánico al descubrir el pezón. Pensaba que algo tan brutal, tan biológico, no podía formar parte del diseño original del pecho. Le he dado muchas vueltas al pezón, más que a un nudo, como si el pezón no fuera más que eso: un nudo que venimos a la vida a desatar, a deshacer. Casi no tenemos otra función que la de deshacer el nudo del que nos alimentamos al venir al mundo y que luego encontramos en todas las mujeres. A veces lo deshacemos con los dientes.

A mamá siempre le dolía algo y siempre estaba embarazada. Sus hijos fuimos parte de sus enfermedades. No tuvo hijos, tuvo síntomas. Yo fui el síntoma preferido de mi madre. Cuando caía enfermo, me llevaba a su cama, a cuyos pies había un armario de tres cuerpos con un espejo en el del centro. En aquel espejo fue donde al mirarme la vi a ella.

La ventaja de ser tantos hermanos (nueve) es que llegó un momento en el que los mayores perdieron el control sobre nosotros. Podías desaparecer durante horas sin que nadie te echara de menos. En cierta ocasión, pasé una tarde entera dentro del cuerpo central de aquel armario: una tarde entera al otro lado del espejo. No hay mucho que añadir porque no vi nada. En el otro lado no hay nada, quizá en éste tampoco.

Pero no es cierto que en el otro lado no hubiera nada: estaba yo. ¿Qué hacía allí? Asomarme a éste. El otro lado, como el infierno, no era un lugar, sino una condición. Si ésa era tu condición, igual daba que estuvieras dentro o fuera del armario, delante o detrás del espejo, acompañado o solo. Sabías que no pertenecías, que no pertenecíamos, al mundo al que habíamos ido a parar. Y no porque fuéramos pobres como ratas, o porque el frío resultara insoportable, o porque siempre hubiera acelgas para cenar, sino porque había entre el mundo y tú una atmósfera de opacidad manifiesta. El mundo era opaco.

Mi madre tenía trastornos de carácter. Pasaba de la calma a la agitación en cuestión de segundos. Había dentro de ella algo que la impulsaba a estar mal. Cuando estaba muy mal, daba gritos y atravesaba como una furia las habitaciones de la casa quejándose de esto o de lo otro. Podía quejarse de una cosa y de la contraria al mismo tiempo. Cualquier comentario, por ingenuo o bienintencionado que fuera, hecho en su presencia, podía volverse contra ti. Era muy aficionada también a dar órdenes contradictorias, de las que conducen a la parálisis al que las recibe. Yo no sólo me quedaba paralizado, sino que deseaba ser una piedra, una mesa, un pedazo de cristal, un objeto inerte. Cuando mamá enloquecía, me daba pánico. Expresiones hechas como «estar fuera de sí» o «estar fuera de quicio» describían bastante bien su manera de ser. Su melena, cuando estaba fuera de sí, parecía una mancha de tinta que cambiaba de forma al agitar la cabeza. De tan espesa que era, los cabellos carecían de individualidad. Fue una mujer sumamente desdichada, pero también, de alguna forma incomprensible, sumamente feliz. Quizá en los momentos de mayor infelicidad alcanzaba un raro éxtasis de dicha. Padecía, en fin, de una infelicidad que la hacía feliz (el bisturí eléctrico).

Hace años escribí un reportaje sobre una maníaco-depresiva, una bipolar, que vivía en Madrid. A medida que me enumeraba sus síntomas, yo me acordaba de mi madre. Ese paso de la euforia a la depresión, del cielo al infierno, esa caída... Yo soy, creo, un poco maníaco-depresivo, aunque procuro no exteriorizar las alegrías excesivas ni las aflicciones exageradas. Tanto unas como otras se dan en un registro más mental que físico. Atravieso épocas de grandes ensoñaciones, donde me imagino llevando a cabo extrañas conquistas, y por instantes de gran abatimiento, de desánimo, que me ponen los pies en el suelo. En el abatimiento hay, curiosamente, momentos de enorme dicha (otra vez el bisturí que daña y cura al mismo tiempo): cuando comprendo que si no tengo nada que perder puedo arriesgarlo todo. Tales ensoñaciones guardan relación frecuentemente con proyectos narrativos. El placer, al imaginarlos, es tan intenso que elimina cualquier posibilidad de llevarlos a cabo. Siempre tengo que cuidarme de eso. Hay historias que me invaden, que llenan mis noches y mis días sin llegar a nada, sin trasformarse en nada, sin sentido aparente.

No sé si mi madre tenía algo de esa patología maníaco-depresiva, quizá sí. Quizá si la vida o los fármacos la hubieran tratado de otro modo habría tenido más calma, habría medido más sus gestos, sus palabras. Cuando nació el pequeño de mis hermanos, ella estuvo a punto de morir. La noche anterior había habido mucho movimiento en las escaleras. En aquella época, el dormitorio de mis padres estaba en el piso de abajo, donde luego se instalaría el comedor. Aún no era costumbre que las mujeres parieran en el sanatorio, o quizá la costumbre no había llegado a mi familia. Por la mañana, a primera hora, apareció la comadrona y a los niños nos mandaron fuera de casa, con unos bocadillos y la orden de no regresar hasta media tarde. Sería julio, quizá agosto, porque hacía mucho calor. El premio consistía en que al regreso tendríamos en casa un hermanito. En una familia de ocho, eso no era ningún premio, pero quién discutía aquellas cosas.

Nos fuimos a la calle, pues, y anduvimos campo a través durante horas en dirección a lo que hoy es el aeropuerto de Barajas. Todo estaba seco. Comimos los bocadillos en silencio, sentados sobre unas piedras, e iniciamos el regreso. Nada más entrar en el jardín, percibimos una agitación preocupante. Había corros de personas hablando en voz baja, como en los funerales. La gente entraba en la habitación de mi madre y salía llorando. Vi a mi padre aterrado, que era como si te quitaran el suelo de los pies. Nosotros no preguntamos nada, no dijimos nada. Nos limitamos a contemplar desde nuestra estatura el espectáculo con la expresión de perplejidad propia de los niños asustados. De todos modos, yo estaba tan familiarizado con el miedo que aquello constituía un episodio más. La vida sin miedo resultaba inconcebible. Los días de paz nunca fueron días de paz, sino de tregua. El náufrago que logra subir unos segundos a la superficie y tomar aire antes de hundirse nuevamente no es más feliz en el momento de tomar el aire que en el de consumirlo.

Ignoro cuál fue el problema de mi madre, pero sobrevivió. Al día siguiente, pasado el susto, cuando me dejaron entrar en su habitación, me acerqué a la cabecera de la cama y me quedé mirándola. Ella me dijo:

—Creías que me moría, ¿eh?

Yo me eché a llorar. Entonces me acarició la cara, prometiéndome que nunca se moriría, cosa que creí. La promesa funcionó al principio como un bálsamo; más tarde, como una amenaza. Por aquellas fechas, falleció la madre de un compañero del colegio. Fue la primera vez que vi un huérfano. Yo lo miraba con cierta condescendencia, con la superioridad que proporciona el conocimiento de que tu madre es inmortal.

Ya de mayor, comprendí que la promesa era una amenaza. Comprendí que, en efecto, mi madre no moriría ni después de muerta. Las fuerzas de la naturaleza no mueren, se dispersan, y mi madre era una fuerza de la naturaleza. Muchas veces me he preguntado si en el momento de ofrecerme su inmortalidad estaba eufórica o deprimida. Lo lógico, dada la situación, es que estuviese deprimida, de modo que cabe imaginar cómo serían sus euforias.

Empleé gran parte de mi análisis en intentar verla como una mujer frágil, pues detrás de caracteres tan poderosos se oculta con frecuencia una debilidad insoportable. Creo que no lo conseguí. Mi madre murió, si es que murió, como una fuerza de la naturaleza. La operaron siete u ocho veces. No había parte de su cuerpo por la que no hubiera pasado el bisturí (el bisturí eléctrico) y de todas las operaciones salía adelante. Es cierto que caminaba con dificultad, pero como habría caminado con dificultad un ciclón, como se habría desplazado con dificultad un huracán, una tormenta... Estuvo varios días o varias semanas en coma. Pero se trataba de un coma de una intensidad desusada. Era un bloque de granito en coma. Mis hermanos y yo nos turnábamos para pasar la noche con ella. En aquella época, yo estaba convencido de haberme separado emocionalmente de mi madre. No sufría viéndola agonizar. Creía que para mí había fallecido hacía años y que su muerte real, física, no sería sino un trámite burocrático. En su habitación había una cama para el acompañante. Antes de acostarme, me fumaba fríamente un canuto y me perdía en ensoñaciones lúgubres asomado a la ventana. Algún día, antes de meterme entre las sábanas, me detenía frente a su cabecera y le observaba el rostro y las manos en busca de algún síntoma de vida, de algún intento de comunicación. Creo que la llamé —mamá, mamá— en un par de ocasiones.

Después de la muerte de mi madre, todo volvió aparentemente a la normalidad, pero pasados unos meses, quizá un año, empecé a enfermar. Fue un proceso lento, insidioso, invisible. La enfermedad se movía por el interior de mi cuerpo como un fantasma por el interior de una mansión abandonada. Unos días estaba en los pulmones; otros, en el estómago, en la garganta, en la cabeza... A veces, en los ojos.

Cuando la situación se agravó, fui a un médico que me recomendó un amigo. Era un hombre afable, mayor, que me explicó la importancia de llevar zapatos con cámara de aire. Nos pasamos —dijo— la vida caminando sobre superficies duras, dentro de unos zapatos rígidos. Cada paso supone un golpe que viaja a través de la columna vertebral al bulbo raquídeo. No era, pues, raro que acabáramos dementes, o con alzheimer, después de haber provocado miles, quizá millones, de golpes en un órgano tan esencial. No recuerdo a propósito de qué me ofreció esta explicación, pero yo deseaba que no terminara nunca de hablar, pues me daba pánico empezar a relatar mis síntomas. Eran tan escandalosos que sólo podían ocultar una enfermedad mortal. El nombre del doctor era Lozano, doctor Rafael Lozano. Desde entonces, me hago un chequeo anual con él. Mantiene que no hay que ir al médico cuando estás mal, sino, y sobre todo, cuando estás bien.

El doctor Lozano me escuchó sin alarmarse (yo observaba sus gestos como los de la azafata cuando el avión se mueve más de la cuenta). Tomó nota de todo y me hizo una exploración manual de la que no dedujo nada. Luego empezó a prescribirme análisis, electros, pruebas... Le dije que no sería capaz de ir de clínica en clínica, no me quedaban fuerzas, y dispuso las cosas de manera que me hicieran todas las pruebas en la consulta. A los pocos días volvió a convocarme y cuando yo —pálido como una pared— me disponía a escuchar el veredicto (que no podía ser otro que el de la pena capital), me dijo lo siguiente:

—No te voy a decir que hayamos explorado tu cuerpo milímetro a milímetro, pero sí centímetro a centímetro. Y no hemos encontrado nada que justifique este cuadro sintomático.

Isabel me buscó entonces una psicoanalista, de nombre Marta Lázaro (me gustó la idea de que llevara el apellido de un resucitado), también conocida entonces por Marta Spilka, por su marido (era argentina). Fantaseé a menudo con la posibilidad de que en algún momento me dijera: «Juanjo, levántate y anda», porque eso era lo que necesitaba yo, levantarme y andar. Pero la orden, entonces lo ignoraba, tenía que venir de dentro.

Se trataba de una mujer mayor, muy dulce, que fumaba mucho, como yo entonces. Las cuatro primeras entrevistas tuvieron un efecto sorprendente, pues los síntomas, sin desaparecer, se atenuaron de tal modo que me permitieron volver a la rutina. Y a la escritura. Realicé esas cuatro entrevistas cara a cara, para que ella hiciera su diagnóstico y decidiéramos si alcanzábamos el raro acuerdo que se establece entre el psicoanalista y el paciente. El día número cinco me tumbé en el diván, con ella a mis espaldas. Era muy silenciosa, hablaba muy poco, pero me hizo saber de alguna manera que una de las formas más comunes de negar la muerte de una persona consistía en convertirse en ella. En otras palabras, yo, con aquel escandaloso cuadro sintomático, me había convertido en mi madre, la reina de los síntomas. Te prometo que nunca moriré.

SEGUNDA PARTE

—

LA CALLE

Un chico de mi calle tenía una enfermedad del corazón que le impedía ir al colegio. Durante los meses en los que el buen tiempo lo permitía, el Vitaminas —así le llamábamos, ironizando sobre su delicado aspecto— permanecía sentado a la puerta del establecimiento de su padre (una tienda de ultramarinos anexa a un bar también regentado por él) con una bicicleta de carreras al lado. Nunca montó en ella, pero a veces decía que de mayor sería ciclista. Su deseo, si tenemos en cuenta que se ahogaba al menor esfuerzo, resultaba un poco trágico. Pese a la crueldad del mote, el Vitaminas gozaba del respeto, cuando no de la indiferencia, de los chicos de la calle: sabíamos que cualquier alteración podía matarle. Componían su reino, además de la bicicleta, un sillón de mimbre con un par de almohadones en el que permanecía sentado la mayor parte del verano, y los tres o cuatro metros cuadrados que se extendían alrededor de ese sillón. Según mi madre, las personas que sufrían la enfermedad del Vitaminas morían al hacer el desarrollo. Dado su horizonte vital, no valía la pena hacer ninguna inversión en él, por eso no iba al colegio.

El Vitaminas tenía un paño con el que repasaba de manera obsesiva los cromados de la bicicleta. En ocasiones, la colocaba al revés, con el sillín y el manillar apoyados en el suelo, y accionaba los pedales, haciendo girar al aire la rueda de atrás, sobre cuyos engranajes dejaba caer, con mucho cuidado, unas gotas de aceite procedentes de una lata pequeña, provista de una cánula agudísima, que llegaba a los puntos más inaccesibles de la máquina. Yo me detenía a veces junto a él, sin decir nada, pues había observado que el hecho de tener espectadores le hacía sentirse importante. Poco a poco me fui dando cuenta de que se trataba de una bicicleta de carreras falsa, construida a base de recortes. Pero no dije nada, ni siquiera le mencioné la incongruencia de que llevara timbre y espejo retrovisor, como las bicicletas de paseo.

El Vitaminas tenía también un cuaderno en el que apuntaba los movimientos de los vecinos. Un día, tras hacerme jurar que le guardaría el secreto, me confió que la tienda de ultramarinos servía de tapadera para ocultar la verdadera identidad de su padre, que era agente de la Interpol, revelación que, como se verá, alteraría gravemente mi existencia.

El padre del Vitaminas llevaba siempre una bata gris, muy limpia, con una camisa blanca debajo. Tenía un bigote fino, de actor americano, que recortaba de manera asimétrica, para producir (me diría su hijo) la impresión de que sonreía con un lado de la cara. De este modo, por lo visto, la gente se le confiaba. Y era cierto que la gente se le confiaba, pues había en aquel rostro, pese a la acusada calvicie del cráneo, una expresión muy seductora. Cuando le veía utilizar la bacaladera, que era lo más cercano a un arma que había en la tienda, se me ponían los pelos de punta. Tuve claro en seguida que quería ser como él, lo que significaba llevar una vida aparente y otra real. Quizá ya las llevaba, de otro modo no me habría impresionado tanto aquel descubrimiento.

Como el Vitaminas no podía ayudar a su padre en la tienda, le echaba una mano anotando las costumbres de la gente. «El fontanero», escribía en su cuaderno, «pasó a las once y media con un bidé en el sidecar de la moto». O bien: «Paca salió del portal de su casa a las cuatro y miró hacia los dos lados de la calle. Luego vino hacia aquí, pero en la esquina se detuvo unos momentos para hablar con Remedios, que le dio un papel con unas indicaciones. La perdí de vista al girar en Ros de Olano.» Todas las anotaciones eran claras, sintéticas, sin opiniones. No escribía jamás un «creo» ni un «me parece» ni un «quizá». Tales expresiones, le había dicho su padre, estaban prohibidas en los informes de los espías. Los espías sólo describían hechos. Las interpretaciones las hacían los superiores. Yo envidiaba aquella escritura seca, todavía la envidio. El objetivo de las notas, que cada noche leía con atención el padre del Vitaminas, era descubrir si había en el barrio alguien que llevara una doble vida, es decir, alguien cuya apariencia fuera la de cualquiera de nosotros, pero que en realidad fuera comunista.

Los padres del Vitaminas agradecían mucho que hiciera compañía a su hijo. De vez en cuando se asomaba uno de los dos para ofrecerme una galleta o, en ocasiones muy excepcionales, una onza de chocolate. El Vitaminas tenía una hermana, María José, que llevaba una existencia fantasmal. Flotaba dentro de un uniforme de colegio con la falda de tablas en cuyo interior se desplazaba de un lugar a otro. Era tal la discreción con la que movía las piernas que no se la veía caminar. La blusa blanca de su uniforme brillaba en el interior de la tienda, siempre muy oscuro, como si despidiera una luz propia. Y nunca decía nada. No la escuché pronunciar, durante aquella época, una sola palabra. Era tal su levedad que en ocasiones pensé que sólo la veía yo.

Un día, el Vitaminas me aseguró que desde una de las ventanas del establecimiento de su padre se veía la calle. La revelación me pareció una extravagancia, pues para ver la calle no hacía falta asomarse a ninguna ventana, vivíamos en ella. Pero lo dijo con tanto misterio que le pregunté si me la podía enseñar.

—Hay que esperar el momento adecuado —señaló.

Unos días más tarde, estaba yo sentado a la puerta de mi casa, raspando un hueso de melocotón contra el suelo, para fabricar un pito, cuando me hizo, desde su reino, señas de que me acercara. Serían las tres o las tres y media de la tarde de un día de julio o agosto. La calle estaba desierta, como siempre a esa hora, por el calor. Me levanté y fui a su encuentro.

—Vamos a ver la calle —dijo con expresión de complicidad.

La tienda tenía el cierre metálico a medio echar, lo que significaba que estaba cerrada al público. El padre del Vitaminas se encontraba en el bar y la madre en la trastienda, que hacía también las veces de domicilio. El Vitaminas entró agachándose en la tienda y yo le seguí.

—Espera un momento —dijo—, voy a ver qué hace mi madre.

Al poco volvió informándome de que dormía la siesta en el sillón de orejas (creo que fue la primera vez que escuché aquella expresión, sillón de orejas, y me impresionó mucho). En todo caso, y fuera lo que fuera el sillón de orejas, significaba que teníamos tiempo de sobra para actuar, así que me condujo detrás del mostrador y me pidió que tirara de la argolla de una trampilla que había en el suelo. Lo hice y apareció una escalera de madera prácticamente vertical que conducía a un sótano al que descendí detrás de él, cerrando de nuevo la trampilla a mis espaldas. Pronto me sentí sumergido en un universo de olores. Olía a chorizo, a queso, a salchichón, a aceite, a bacalao, porque aquello era un almacén oscuro y angosto por uno de cuyos extremos, en el que había un respiradero situado al nivel de la calle, se colaba una porción de luz. El respiradero se encontraba cubierto por una reja metálica muy tupida, la mayor parte de cuyos agujeros estaban cegados por una suciedad de siglos. Por lo demás, la estancia era húmeda y fresca en relación a la superficie.

El Vitaminas me señaló una caja de madera a la que nos subimos para asomarnos a la calle a través de aquel ventanuco.

—Mira —dijo.

Miré y vi una perspectiva lineal de mi calle, pues en la zona donde se encontraba la tienda la acera se ensanchaba, de forma que el edificio formaba un extraño recodo. Me pareció una tontería, al menos durante los primeros minutos, pasados los cuales tuve una auténtica visión. Era mi calle, sí, pero observada desde aquel lugar y a ras del suelo poseía calidades hiperreales, o subreales, quizá oníricas. Entonces no disponía de estas palabras para calificar aquella particularidad, pero sentí que me encontraba en el interior de un sueño en el que podía apreciar con increíble nitidez cada uno de los elementos que la componían, como si se tratara de una maqueta. Vi la puerta de mi casa, desde luego, pero también la fábrica de hielo, la mercería, la panadería, el taller del escayolista, el del recauchutador, la academia de mecanografía... Quizá debido a la hora, la calle despedía el fulgor que debe quedar tras un ataque nuclear. Más que mi calle, era una versión mística de mi calle.

No sé el tiempo que llevábamos allí, con el rostro pegado a la reja metálica, cuando aparecieron en nuestro campo de visión unas piernas que al avanzar hacia el fondo de la perspectiva resultaron pertenecer a Luz, una chica algo mayor que nosotros, muy guapa, que gustaba a todos los chicos de la calle, aunque a ella no le gustaba ninguno. Llevaba unas zapatillas rojas, sin cordones, y una falda blanca, de vuelo;

sobre ella, un niqui, también blanco, sin mangas. Al andar, la cola de caballo de su pelo, muy larga, recorría de un lado a otro, como un péndulo, su espalda. Debía de sostener una carpeta contra el pecho, pues no se le veían los brazos. La visión duró los segundos que tardó en llegar a la puerta de la academia de mecanografía, donde desapareció. En todo caso, fueron unos segundos eternos tras los cuales el Vitaminas y yo nos miramos unos instantes, sin decir nada. Esa noche soñé con la visión de la calle desde el sótano. No me la podía quitar de la cabeza.

El Vitaminas me invitó a verla en varias ocasiones, a veces a última hora de la tarde, con la tienda ya cerrada, cuando cedía el calor y el barrio se ponía en movimiento. De este modo reparé en la fuente que había al lado de la puerta de mi casa, a la que jamás antes había prestado atención alguna. Me pareció un artilugio de otro mundo, un regalo de los extraterrestres, una rareza. También desde allí observé un día al repartidor de hielo, que transportaba en un carro de dos ruedas aquellas barras traslúcidas que al acariciarlas se deshacían dejando en la mano una lámina de agua. Lo vi partiendo con increíble precisión una de estas barras y llevándose al hombro, con la ayuda de un garfio, una de las porciones resultantes. También vi a mi madre en la puerta de nuestra casa, con el monedero en la mano, esperando al chico del hielo (nosotros comprábamos un cuarto de barra al día). Vi a mis hermanos jugar en medio de la calle. Vi a mi padre llegar o salir con la vespa, que siempre metía en el jardín. Vi a la pipera instalar su puesto y recogerlo. Volví a ver a Luz, esta vez saliendo de la academia y viniendo hacia nosotros sosteniendo contra su cuerpo, con los dos brazos, una carpeta grande, como si se tapara con ella los pechos que no tenía. Vi el bar con pretensiones de cafetería en el que tiempo después se instalaría el primer asador de pollos del barrio y se servirían los primeros platos combinados. Lo vi todo y cogí tal adicción a verlo desde el sótano que el Vitaminas comenzó a cobrarme, diez céntimos al principio; veinte, cuando comprendió que ya no podría vivir sin ver la calle.

Aquel verano hice cálculos acerca del tiempo que podía permanecer fuera de la circulación sin que mis padres me echaran de menos. Era más del que cabía imaginar. En realidad, sólo hacían dos recuentos al día: uno a la hora de la comida y otro a la de la cena. Las horas de la comida y de la cena, decía mi padre, eran sagradas. El término sagrado, aunque asociado a los ritos religiosos, no estaba del todo fuera de lugar, pues cada una de nuestras cenas tenía algo de última cena.

Mi padre, cuando estaba en casa o en el taller, colgaba su chaqueta de una percha clavada en la pared de un pasillo muy breve que había en el piso de abajo, cerca del hueco de la escalera en el que a veces me escondía (fue el lugar desde el que hice los cálculos del tiempo que podía permanecer fuera de la circulación sin que me echaran de menos). Un día descubrí que en uno de los bolsillos de esta chaqueta guardaba la calderilla. Dado que los cobros del Vitaminas habían introducido en mi vida un gasto inesperado, me aficioné a robarle, aunque con enorme sentimiento de culpa, pues sabía que se empezaba así, con pequeños hurtos, y se acababa asaltando bancos.

Aquel verano empezó a ocurrir otro fenómeno: me quedaba dormido en cualquier momento, en cualquier parte. Creí que era un secreto mío hasta que escuché que mi madre se lo comentaba a mi padre con preocupación. Mi padre dijo que necesitaba vitaminas y eso fue todo. Pero yo no necesitaba vitaminas. Al contrario, fuera cual fuera la causa de aquella debilidad, lejos de eliminarla, convenía aumentarla, pues el sueño se convirtió en una experiencia fabulosa. Ahora, desde la perspectiva confusa de la madurez, no sería capaz de establecer dónde se encontraba la frontera entre el sueño y la vigilia, ni siquiera qué me ocurrió a un lado y qué al otro de esa frontera. El sueño tenía mayor capacidad de contagio que la vigilia; lo contaminó todo, y para siempre. Estoy, por ejemplo, escondido en el hueco de debajo de la escalera, esperando a que llegue mi padre y cuelgue la chaqueta y desaparezca, para que yo pueda robar los céntimos que me cuesta ver la calle desde el observatorio del Vitaminas. Entonces oigo el ruido de una puerta, luego el de otra, y aparece papá, con cierta calidad de bulto, con cierta calidad de hombre. El hombre cuelga la chaqueta y desaparece en dirección al patio trasero, a los talleres. Yo salgo de entre las sombras y con el corazón en la garganta me acerco a la chaqueta…

Acabaré en la cárcel, si continúo haciendo aquello, si no logro curar aquella enfermedad, acabaré en la cárcel. Y aun sabiendo que acabaré en la cárcel introduzco la mano en el bolsillo de la chaqueta del hombre. El pasillo está oscuro, pero ya he aprendido a distinguir las monedas al tacto. Si tiene muchas, quizá me anime a hurtar cuatro, en vez de dos, para asegurarme una sesión doble de calle... Si me preguntaran si soñé o realicé esa escena, no sabría qué decir. La realicé, desde luego, y decenas de veces, pero cómo no tener en cuenta su calidad onírica...

Me quedaba dormido en cualquier parte, decía, lo que acabé aceptando como una facultad especial, como un don. De hecho, aunque fingía tragarme las vitaminas que me daban con el desayuno, las arrojaba por el retrete para que no me quitaran el sueño. Y empecé a dormir a escondidas, como los chicos mayores fumaban a escondidas, al objeto de no despertar la preocupación de mi madre. Después de comer, me echaba debajo del hueco de la escalera, que tenía también algo de nicho. Muchas veces, el tránsito del sueño a la vigilia era tan insensible como el paso del estado sólido al líquido en el hielo. ¿Tenía el agua memoria del hielo? ¿Guardaba yo memoria de los sueños? Quizá no, porque al despertar continuaba en ellos.

Muchos niños sueñan con ser invisibles. Yo era invisible en cierto modo. Jamás fui sorprendido mientras robaba dinero del bolsillo de mi padre ni mientras dormía en uno u otro de mis escondrijos. También entre mis hermanos parecía invisible, quizá porque, al estar en medio, los mayores me consideraban pequeño y los pequeños, mayor. La frontera, la tierra de nadie, la no pertenencia, el territorio de la escritura. Sólo mi madre me veía y me miraba con un gesto de preocupación que a mí me gustaba. Y me hacía daño. Quizá me gustaba porque me hacía daño. Tal vez ella sí sabía. Un día, en la comida, se refirió a una persona de la que dijo que era cleptómana. Cuando uno de mis hermanos le preguntó por el significado de aquella rara palabra, respondió dirigiéndose a mí, que me quedé sin sangre en el rostro durante unos segundos, hasta que, quizá por piedad, desvió la mirada. Mamá tenía capacidades adivinatorias.

Más adelante, animado por la impunidad de mis hurtos y en una carrera ya desenfrenada hacia la delincuencia, llevé a cabo una incursión en la cartera de mi padre, de la que cogí un billete de cinco pesetas (una fortuna). Con ese billete, convertido en monedas, podría ver la calle desde el sótano del Vitaminas durante el resto de mi vida (durante el resto de la suya, para ser exactos). Me temblaban las piernas cuando salí con el billete a la realidad, jadeando como un asmático. Realicé el hurto a la hora de la siesta y tuve el billete en mi bolsillo hasta las siete de la tarde. A esa hora comprendí que ni mi conciencia soportaría el peso de un delito de esa naturaleza ni la policía sería tan torpe como para no dar con el ladrón cuando mi padre denunciara la pérdida.

Pensé en restituirlo a la billetera, pero se trataba de una operación muy lenta, de enorme riesgo. Ni siquiera sabía cómo me había atrevido a robarlo. Decidí entonces destruirlo. Salí a la calle, dudando en esta ocasión de mi invisibilidad, pues tenía la impresión de que todo el mundo me miraba, y a medida que caminaba iba triturando el billete con los dedos de la mano derecha, introducida en el bolsillo del pantalón, donde lo había ocultado. Cuando obtenía un pedazo lo suficientemente pequeño (minúsculo, en realidad), lo arrojaba al suelo y cambiaba de acera, para no dejar un reguero de pruebas... En un momento dado, no obstante, temiendo que la investigación se centrara en las calles del barrio, fui hasta López de Hoyos y cogí el tranvía para destruir las pruebas lejos del lugar del crimen. Era la primera vez que tomaba el tranvía yo solo, lo que constituía otra trasgresión importante en mi carrera hacia la delincuencia. Pagué, intentando aparentar naturalidad, con parte de los céntimos ahorrados cuando sólo era un ladrón de céntimos y ocupé el centro del vehículo, lleno de adultos entre cuyos cuerpos me oculté para continuar destruyendo el billete.

Ocurrió entonces un suceso extraordinario: desde el tranvía, a través de la ventanilla, cuando ya habíamos recorrido un buen trecho, vi detenida en la acera, esperando la oportunidad para cruzar la calle, a una mujer del barrio, una vecina que había muerto dos o tres semanas antes. Ahora es fácil deducir que se trataba de una mujer parecida a ella, qué otra explicación cabría dar, pero aquel día concreto en el que yo me hallaba empeñado en destruir las pruebas de mi crimen se trataba de la mujer muerta sin lugar a dudas. Los muertos vivían en otro barrio, pues. Había un barrio ocupado por ellos. La idea me sobrecogió, aunque no tanto como para olvidar mi empeño: la destrucción del billete y su dispersión lejos del lugar donde había llevado a cabo el delito.

No sé por cuántas paradas pasé antes de tomar la decisión de bajarme del tranvía, pero cuando descendí de él me pareció que había llegado al extranjero. Las calles, en aquel lugar, estaban empedradas (en mi barrio, la mayoría eran de tierra) y los edificios, altos y distinguidos, tenían en sus bajos tiendas cuyos escaparates no podías dejar de mirar. Caminé por una calle ancha (quizá el tramo de Fuencarral que va de Quevedo a Bilbao) sin dejar de triturar el billete con una sola mano (cómo llegaron a dolerme los dedos) y una vez terminada la operación empecé a diseminar los restos, con enorme disimulo, por la acera. Cuando no quedó en el fondo de mi bolsillo una sola migaja del billete, recuperé la respiración, pero fue por poco tiempo, pues tras preguntar la hora a un señor advertí que tenía los minutos contados para volver a casa antes de la hora sagrada de la cena. Al pasar de nuevo por el barrio en el que había visto a la mujer muerta, cerré los ojos y los mantuve así durante un buen rato para no ver a los difuntos.

Sería una casualidad —qué otra cosa, si no—, pero esa noche en la cena, uno de mis hermanos dijo que cuando él fuera millonario encendería los puros con billetes de cinco pesetas, tal como solía hacer el personaje de un tebeo. Mi madre le respondió secamente que la destrucción de dinero era un delito.

Aunque se lo dijo a mi hermano, yo sentí que la frase se dirigía a mí. Lo cierto es que recibí el disparo en la mitad del corazón. Así pues, había cometido dos crímenes: uno, el robo; otro, la eliminación física de lo robado. Quizá terminara en la cárcel antes de lo previsto. No obstante, y contra todo pronóstico, mi padre no echó nunca en falta aquella fortuna, por lo que la policía tampoco apareció por casa.

Entretanto, descubrí que mi padre escondía el frasco de éter en un armario del taller al que se suponía que no llegaba nadie. Pero yo llegué con la ayuda de una silla y de una banqueta que colocaba encima de la silla, en precario equilibrio. Y lo olía de vez en cuando, pues había llegado a descubrir y a apreciar sus propiedades narcóticas. Cuando la casa se quedaba en calma, después de comer, pasaba por el cuarto de baño, tomaba del botiquín un trozo de algodón y me iba con él al taller, donde lo empapaba en el éter. Luego me tumbaba en el hueco de debajo de la escalera, en posición fetal, la misma que utilizaba para dormir, y me lo aplicaba a modo de mascarilla, entrando de inmediato en un sopor tan profundo que, al despertar y levantarme a media tarde, era como si me incorporara en el interior de un sueño. Lo que hacía a partir de entonces tenía esa calidad alucinatoria en la que nada, por extraordinario o asombroso que sea, nos sorprende. Por eso quizá el recuerdo que guardo de aquella época es el que se conserva de un sueño muy vívido, uno de esos sueños que nos hacen dudar acerca del grado de realidad de la vigilia.

Un día, después de haber estado viendo la calle desde el sótano de la tienda de ultramarinos, el Vitaminas me preguntó si yo creía que había más muertos que vivos o al revés. Le dije lo que pensaba: que los muertos formaban una especie de océano mientras que los vivos apenas alcanzábamos el tamaño de una charca. Al notar que mi respuesta le tranquilizaba, pensé que quizá sabía que se iba a morir cuando hiciera el desarrollo (lo que no debía de estar lejos, pues a mí me habían empezado a aparecer unos pelillos en el pubis, y en el sobaco). Entonces añadí que yo sabía dónde estaban los muertos, pues había visto su barrio desde el tranvía.

—¿Desde el tranvía? —preguntó incrédulo, pues no era normal que a mi edad se cogiera el tranvía.

Entonces, comprendiendo que se trataba del cómplice perfecto, porque tenía tantas razones como yo para callar, compartí con él mi aventura. Le dije que robaba dinero de la chaqueta de mi padre para ver la calle y que un día, habiendo robado más de la cuenta, decidí destruir las pruebas por miedo a ser descubierto. Que lo hice subiéndome al tranvía para alejarme de nuestro barrio, pues la policía tenía unas lupas gigantescas con las que habría descubierto los fragmentos del billete. Y que en ese trabajo de alejamiento atravesé un barrio por cuyas calles deambulaban los muertos. El Vitaminas me escuchaba entre la fascinación y la incredulidad. Pero antes de que se decidiera por la incredulidad apoyé mi afirmación en datos. No sólo aseguré haber visto a la vecina fallecida hacía algunas semanas, que él conocía tan bien como yo, sino a un par de familiares míos. Hablé con tanta convicción que se entregó completamente a la historia. Sólo me preguntó si en ese barrio al que iban los muertos había también vivos. Le dije que no lo sabía porque ésa era la verdad, no lo sabía. Entonces me pidió que le llevara, lo que era del todo imposible, pues vivía alrededor de su silla de mimbre y de su bicicleta de carreras, pero me aseguró que inventaría algo para ausentarse durante unas horas.

—¿Y qué vas a inventar? —le pregunté.

—Que voy a pasar la tarde en tu casa, por ejemplo. Prácticamente, es sólo cruzar la calle.

Me atraía la idea de volver a ese barrio, pero yo solo no habría sido capaz. La posibilidad de hacerlo en compañía del Vitaminas, que se había convertido en un raro compañero de aventuras inmóviles, me gustó, aunque me pareció que estaba llena de dificultades prácticas.

—¿Y si te mueres por el esfuerzo? —le pregunté.

—Si me muero —dijo riéndose— ya no tengo que cambiar de barrio.

Yo también me reí. Tenía gracia que uno entrara por su propio pie en el reino de los muertos. Quizá la frontera entre un reino y otro no fuera más difícil de atravesar que la que había entre el sueño y la vida.

—¿Me llevarás o no? —insistió.

—Me tendrías que devolver todo el dinero que te he pagado por ver la calle —dije.

—¿Todo?

—Todo, sí.

Tras una duda contable, fue a un rincón del sótano y extrajo de un hueco practicado en la pared un trozo de tubería de plomo con los extremos aplastados, en cuyo interior, dijo, se encontraban las monedas que le había ido entregando a cambio de que me dejara asomarme al ventanuco. Sorprendido por su habilidad para ocultarlas, regresé a casa con aquel raro tesoro. Pesaba tanto, pese a su tamaño, y resultaba tan manejable al mismo tiempo, que el simple hecho de sostenerlo en la mano proporcionaba una extraña sensación de poder. Lo escondí en el hueco de la escalera, dentro de un agujero que había descubierto detrás del rodapié.

El Vitaminas comenzó a convencer a su madre para que le dejara pasar una tarde en mi casa, lo que no fue tan difícil, pues yo, con mis frecuentes visitas, me había hecho querer y la pobre mujer confiaba en mí. No obstante, me dio un sinnúmero de recomendaciones, de reglas que debíamos seguir para que el Vitaminas sobreviviera a aquel corto viaje. El día señalado, fui a recogerlo nada más comer. Recuerdo que el último de los consejos de su madre fue que camináramos por la sombra, una extraña advertencia, muy de la época, que ahora sólo se pronuncia como broma. En cualquier caso, era como si nos hubiera recomendado ir por las piedras para atravesar el océano, pues a esa hora, y en esa época del año, no había en aquella calle de casas bajas una sola sombra.

Fuimos, pues, por el sol hasta López de Hoyos, donde al haber edificios de más de una planta sí podíamos seguir su consejo. El Vitaminas caminaba asombrado de que su cuerpo resistiera el esfuerzo. Afortunadamente, el tranvía no tardó en llegar y había asientos vacíos, por lo que pudimos sentarnos. En cuanto a los billetes, se los hice pagar a él, que quizá se arrepintió entonces de haberme enseñado a traducir en beneficios económicos cualquier situación de ventaja. Y así íbamos, el uno al lado del otro, dos almas en pena y en pantalón corto, buscando aquella especie de purgatorio descubierto casualmente por mí. Cuando reconocí el lugar en el que había visto a la vecina muerta, nos bajamos con la impresión cierta de que habíamos llegado a un sitio habitado por los difuntos. Quiero decir que fue una experiencia real como pocas de las que he tenido a lo largo de la vida. Recuerdo, a propósito de aquel estremecimiento, una confesión muy común entre los excombatientes del Vietnam, cuando no lograban adaptarse a la vida civil: «Aquello era real», decían a sus psicólogos, poniendo en entredicho la idea de realidad comúnmente aceptada.

Aquello era real, aquellas calles por las que el Vitaminas y yo comenzamos a caminar muertos de miedo (quizá por eso, porque también estábamos muertos, pasábamos inadvertidos) eran tan reales para nosotros como las acciones de guerra para los supervivientes del Vietnam. Y si yo me encontraba allí como un turista, puesto que todavía era inmortal, el Vitaminas, en cambio, había llegado a su sitio, lo que

60

se le notaba en el modo en que miraba las cosas, como si quisiera familiarizarse con ellas antes de regresar convertido en cadáver.

—¿Dónde viste a la muerta? —preguntó

—En aquella esquina —le dije—, daba la impresión de que esperaba a alguien.

Estuvimos una hora, quizá más, dando vueltas por aquel laberinto de calles, observando los rostros de los muertos con los que nos cruzábamos, de las muertas que se asomaban a las ventanas. Nos detuvimos en el borde de un descampado donde había cuatro o cinco críos muertos jugando al fútbol. Resultaba asombrosa la agilidad cadavérica, así como el silencio fúnebre con el que se pasaban la pelota de trapo muerta. Eran delgados, como nosotros, y daba la impresión de que sus cuerpos, al encontrarse, en lugar de tropezar, se traspasaban. Salimos corriendo como alma que lleva el diablo cuando uno de los chicos se detuvo y nos hizo una seña, quizá invitándonos a que nos incorporáramos al juego. Yo corría más, lógicamente, de modo que cuando sentí que estaba solo y miré hacia atrás, vi al Vitaminas apoyado en una esquina, boqueando como un pez fuera del agua, en plena agonía. La sangre se le había retirado por completo del rostro y tenía alrededor de los ojos dos manchas oscuras, casi negras, como un antifaz. Comencé a rezar para que no se muriera allí mismo, Dios mío, haz que no se muera, si no se muere devolveré al bolsillo de la chaqueta de mi padre todas las monedas que le he hurtado; si no se muere, no volveré a tocarme la pilila; si no se muere, me comeré las acelgas y

61

rebañaré el plato; si no se muere, me arrancaré diez pelos, uno a uno, de la cabeza; si no se muere, tampoco volveré a mirar a mis hermanas por el ojo de la cerradura del cuarto de baño; si no se muere... Lo cierto es que a medida que yo desgranaba mis promesas, el Vitaminas iba recuperando la respiración y el color regresaba a su cara. Había, en fin, una relación mágica entre mi oración y su restablecimiento.

Superada milagrosamente la crisis, y ya de regreso a la calle del tranvía, vimos a una chica muerta, de la edad de Luz, bellísima, pese a su palidez lúgubre, quizá gracias a ella. Estaba comprando golosinas extintas en un quiosco muerto, atendido por una difunta, que se cubría la cabeza con un velo negro cuyos bordes se confundían con las sombras del interior del puesto. El Vitaminas propuso que compráramos unas chucherías para comprobar su sabor («seguro que saben a esqueleto», dijo), pero ninguno de los dos nos atrevimos, por miedo a que la mujer se diera cuenta de que nuestro dinero estaba vivo y que éramos, por tanto, unos intrusos.

El problema era que nos habíamos extraviado y no encontrábamos la calle donde se tomaba el tranvía. Dimos dos vueltas, cuatro, seis, sin dar con ella. El Vitaminas no parecía asustado, pero yo, ahogado por la angustia, empecé a tener dificultades respiratorias. La idea de quedarme atrapado para siempre en aquel mundo fúnebre me dio tanto miedo que empecé a gemir, a balbucear palabras sin sentido, como un niño loco. Ésa era al menos la imagen que tenía de un niño loco.

—¿Qué dices? —preguntó el Vitaminas.

—Que no tendríamos que haber venido —articulé al fin, entre lágrimas, sabiendo que nunca, hiciera lo que hiciese en la vida, lograría borrar de mi currículo aquel acto de cobardía. Mi miedo tenía efectos tan paralizantes que el Vitaminas, tomando las riendas de la situación, se acercó a un señor (muerto, evidentemente) para preguntarle dónde se tomaba el tranvía. El señor le dijo que estábamos al lado mismo, a tan sólo dos calles, y le dio las indicaciones pertinentes.

Ya en el tranvía, avergonzado por mi actuación, observé con disimulo el rostro de Vitaminas, para deducir si pensaba burlarse de mí, o echármelo en cara, pero viajaba abstraído, observando por la ventanilla algo que estaba más allá de las calles, quizá más allá de la vida. Lo recuerdo agarrado, con sus dedos de pájaro, a una de las barras verticales del vehículo, con todo su cuerpo bailando dentro de una camiseta desbocada, de rayas blancas y azules, con el pelo pegado por el sudor a la frente y la boca entreabierta, ansiosa, como esperando algo que no acababa de llegar... Se me ocurrió entonces la idea loca de que quizá había muerto tras la carrera. Tal vez lo que yo había tomado como una recuperación había sido en realidad el ingreso en una condición distinta. Desconfié de él quizá para desviar la atención de la desconfianza que acababa de adquirir en mí mismo, y al llegar al barrio, tras dejarlo en su casa, pues no había dimitido de mi tarea de cuidador, me fui a la mía y pasé el resto de la tarde leyendo tebeos, o fingiendo que los leía, mientras me hacía a la idea de que no era un héroe, quizá no lo sería jamás.

Al día siguiente me arranqué, uno a uno, diez pelos de la cabeza. Salían con una pequeña raíz en forma de bulbo que observé atentamente con una lupa, maravillado del parecido de estos bulbos con algunas raíces de los productos agrícolas. Abrí también la tubería de plomo, de la que extraje varias monedas que devolví al bolsillo de la chaqueta de mi padre. Por cierto, que estuve a punto de ser sorprendido en esta tarea de restitución de lo robado, lo que me hizo comprender el concepto de ironía aun sin conocer la palabra. También me comí las acelgas y rebañé el plato. Era, en fin, una persona completamente reformada. Quizá no terminara en la cárcel.

Con todo, la aventura en el barrio de los muertos había resultado excesiva. Durante algunos días apenas salí de casa y abusé del éter más de lo debido. Podía dormir en cualquier sitio, a cualquier hora. A veces me entraba el sueño mientras comía y se me cerraban los ojos llevando la cuchara del plato a la boca. Por la mañana, al levantarme, pensaba con enorme gratitud en la llegada de la noche. A menudo fantaseaba con que me atacara una de esas enfermedades que te obligan a guardar cama un año o dos. Mi madre se acercaba a mí, y me tocaba la frente, para ver si tenía fiebre. A veces decía: «Este niño está incubando algo.» La frase sonaba a amenaza. Todavía hoy, esa expresión, incubar algo, me aterra, porque, visto con perspectiva, sí, estaba incubando una adolescencia aciaga, quizá una existencia fatal.

Finalmente no me atacó ninguna de esas enfermedades que te obligan a guardar cama un año o dos, sino unas anginas cuya fiebre asustó a mis padres y a mí me proporcionó instantes de verdadera dicha. La palabra fiebre es la más bella de la lengua (fiebre, fiebre, fiebre). Ninguna de las drogas que probé luego, a lo largo de la vida, me proporcionó las experiencias alucinógenas de la fiebre. Deberían vender pastillas productoras de fiebre. No mucha: esas ocho o nueve décimas que nos extrañan de la realidad. Recuerdo todas y cada una de las ocasiones en las que he visto el mundo a través de la fiebre. Todas y cada una de las ocasiones en las que el mundo me ha mirado a mí a través de la fiebre. Me han producido fiebre las anginas, desde luego, pero también la lectura de ciertos libros. Algunos capítulos de *Crimen y castigo*, por ejemplo, me producían fiebre. Todavía me la producen si los leo con la concentración adecuada. He tenido, en ocasiones, una experiencia rara: la de detectar la fiebre en la realidad. No hace mucho, una mañana, a los cinco minutos de sentarme a trabajar, me pareció que la habitación tenía fiebre. Y no sólo la habitación, sino cada uno de los objetos que había en ella. Toqué los libros y tenían fiebre, toqué mis fetiches y tenían fiebre, acaricié el respaldo de la silla y tenía fiebre. Me puse a escribir un artículo y me salió, claro, un artículo con fiebre.

La fiebre.

En cierta ocasión, alguien me señaló que los personajes de mis libros siempre estaban a punto de escribir o de enfermar. A veces, enfermaban en el momento de ponerse a escribir, o escribían en el momento de enfermar. Las mejores cosas que he escrito están tocadas por la fiebre, quiero decir que están febriles. Tienen una febrícula. Qué palabra también, febrícula. Empecé este libro con un pequeño ataque de fiebre que aún no me ha abandonado. La fiebre crea una red de dolor dulce que te conecta a la realidad, al mundo, a la tierra... La fiebre daña y cura, como el bisturí eléctrico de mi padre.

El caso es que había estado incubando unas anginas que me condujeron en pleno verano a la cama de mis padres, donde, como he señalado, fui muy feliz. Tuve, entre aquellas sábanas, una alucinación productora de extrañeza y de serenidad. Sucedió por la tarde, cuando me subía la fiebre. Mi madre había dicho varias veces que aquellas anginas me provocarían «un estirón». Yo, para comprobar la magnitud de aquel alargamiento corporal, me colocaba a veces boca arriba, cuan largo era, intentando alcanzar con la planta de los pies el extremo más meridional de aquella cama gigantesca. Un día, estaba realizando ese ejercicio cuando las plantas de mis pies chocaron con las plantas de otros pies idénticos a los míos, como si debajo de las sábanas hubiera otro niño colocado en espejo respecto a mí. Con más asombro que susto, retiré los pies y me quedé meditando unos instantes. Luego volví a estirarlos y mis plantas volvieron a encontrarse con las plantas del otro niño. Me quedé dormido sintiendo su contacto. El tiempo transcurrido no ha aminorado en absoluto el sentimiento de realidad respecto a aquel suceso que atribuí al protagonista de *El orden alfabético*. Ocurrió para mostrarme que hay otro lado. Quizá no he hecho otra cosa en la vida que intentar alcanzar ese otro lado. A veces, sin llegar a traspasarlo, he podido asomarme a él. De eso en parte tratan estas páginas.

La expresión «me duele la cabeza» es una de las más torpes de la lengua, al menos desde la perspectiva de un niño. La cabeza incluye la barbilla, la nariz, la nuca, los pómulos, las orejas... Si uno escucha «me duele la cabeza», ha de incluir todas esas partes en el dolor. Pero cuando la fiebre era muy alta, me dolía el cerebro:

—Me duele el cerebro —le dije a mi madre.

—No digas cerebro —corrigió ella asustada—, di cabeza.

Mi madre y yo nos quedamos observándonos unos instantes, cada uno al acecho del otro. Algo terrible, que no he logrado averiguar, ocurría en torno al cerebro.

En efecto, di un estirón. Cuando salí de la cama, una semana más tarde, los brazos y las piernas me habían crecido de un modo anormal. Además, estaba muy delgado. Tenía de mí la percepción de un insecto palo. En cuanto a la realidad, no dejaba de dar vueltas. Averigüé en seguida que aquel raro estado se llamaba convalecencia. La convalecencia tenía algunas de las virtudes de la fiebre, pues todo, desde ella, parecía nuevo, sin estrenar, incluido el propio cuerpo. Recuerdo la impresión que me produjo el sol cuando salí al jardín (a aquello que llamábamos jardín). No he olvidado tampoco el asombro que me proporcionaba el mero tacto de las cosas. Antes de abrir una puerta acariciaba el picaporte mientras repetía para mis adentros su nombre, picaporte, pues también el lenguaje había adquirido, durante la enfermedad, una consistencia extraña. Me encontraba, literalmente, inaugurando todo.

Sentado en los escalones que daban al patio trasero y al taller, viendo cómo trabajaba mi padre, dediqué unos minutos casi exclusivamente a respirar, pues me había quedado muy débil. Del mismo modo que era consciente de mis brazos, de mis piernas, de mi lengua, de mi cerebro, era consciente también de mis pulmones, a los que imaginaba como dos bolsas de papel de seda que se inflaban y se desinflaban cada vez que tomaba o expulsaba el aire. Con el aire, a veces, expulsaba palabras: bobina de cobre, por ejemplo. Pronunciaba dentro de mí, a la altura del pecho, la expresión bobina de cobre y sentía cómo atravesaba la garganta, cómo se humedecía al deslizarse por la lengua (donde dejaba un sabor a electricidad), cómo buscaba un hueco entre la empalizada de los dientes para salir al exterior, donde flotaba como el humo de los cigarrillos, deshilachándose hasta perder el sentido.

Las palabras adquirieron algunas cualidades de los objetos sólidos, de las cosas macizas. Podía tomar una palabra y darle vueltas dentro de la boca, como a un caramelo, antes de tragármela o escupirla. Me hacía preguntas locas sobre el lenguaje. ¿Por qué, por ejemplo, todo el mundo comía lentejas, cuando lo lógico era que los hombres comieran lentejos? Estoy hablando de un mundo en el que la frontera entre lo masculino y lo femenino era brutal (quizá sigue siéndolo). No es que no hubiera educación mixta, es que no había nada mixto. En un mundo así, resultaba contradictorio que ellas comieran garbanzos, en vez de garbanzas; que ellos se sentaran en sillas, en vez de en sillos; que ellas tuvieran cabello, o pelo, en vez de cabella, o pela; que ellos usaran camisas, en vez de camisos... Estaba todo patas arriba y así se lo dije a mi madre, con un hilo de voz, cuando salió a darme una yema de huevo batida con azúcar y vino dulce, que era el reconstituyente de la época. Mi madre me escuchó con perplejidad y me pidió que no le contara a nadie aquella reflexión, que ella se ocuparía de arreglarlo todo. Otra promesa falsa, como la de su inmortalidad. Mi madre no arregló la realidad, lo que tardé mucho tiempo en perdonarle. En cuanto a mí, caí en la obsesión de corregir, para mis adentros, todas las frases mal empleadas por los demás. Si uno de mis hermanos decía, por ejemplo, que se había hecho daño en una pierna, yo susurraba pierno, se ha hecho daño en un pierno. Si era una de mis hermanas, se había hecho daña en una pierna. Arreglar la realidad resultaba agotador, pero alguien se tenía que ocupar de ello.

No todo, en el lenguaje, resultaba así de imperfecto. Me asombraba, por ejemplo, la capacidad de las palabras para encontrarse con los objetos que nombraban. Así, una mesa no podía ser otra cosa que una mesa, la misma palabra lo decía, mesa. O caballo. Decías caballo y estabas viendo las crines del

69

animal, su cola, sus ojos inquietos... ¿Acaso habríamos podido llamar caballo a la mesa y mesa al caballo? Imposible. ¿Cómo habría sido la operación por la que las palabras y las cosas, en un tiempo remoto, se habían encontrado? Había en el mundo tantas palabras, y tantas cosas, que podría haberse producido con facilidad alguna confusión, algún matrimonio equivocado. Pero no hallé ninguno. Cada cosa se llamaba como debía. Me parecía inexplicable en cambio que si al pronunciar la palabra gato aparecía un gato dentro de mi cabeza, al decir «ga» no apareciera medio gato. No le dije nada a mi madre para no preocuparla, pues me pareció que escuchaba mis reflexiones acerca de las palabras con cierta angustia.

La convalecencia de aquellas anginas duró mucho, toda la vida en realidad, pero a los dos o tres días de abandonar la cama dejé de ser objeto de preocupación para los mayores y regresé a mi invisibilidad anterior. Lo primero que hice fue visitar al Vitaminas, que al contemplar mi transformación corporal aseguró que parecía un niño araña. Él, por el contrario, había engordado de una forma rara. Cuando más tarde se lo comenté a mi madre, me dijo que no estaba gordo, sino hinchado. Me pareció una precisión asombrosa y me pregunté si algún día controlaría las palabras con aquella exactitud. Quizá fue entonces cuando empecé a aficionarme al diccionario, descubriendo que la definición era el resultado de aplicar el bisturí sobre la realidad (sobre la realidad verbal), pero ya he dicho que entonces no había ninguna diferencia entre la palabra y la cosa. ¿La hay ahora?

Mientras yo había sufrido un estiramiento, el Vitaminas se había encogido. Le daban medicinas para retrasar o atenuar el «estirón», que para él constituía una sentencia de muerte. Me habría gustado hablar de esto con él, pero no me atreví. Nunca supe hasta qué punto era consciente de su situación. Quizá había descubierto que si se enquistaba duraría más, incluso eternamente. Se decía entonces de las garrapatas que cuando las condiciones ambientales les eran desfavorables, se ensimismaban, creando una corteza dura alrededor de sí en cuyo interior permanecían hasta que llegaban tiempos mejores.

—Una garrapata —me explicó un día el Vitaminas— puede estar cincuenta años en la rama de un árbol esperando que pase un perro para dejarse caer.

Me pareció un ejercicio de paciencia increíble. ¿Y qué ocurriría si al dejarse caer cometía un error de cálculo y, en vez de posarse sobre el perro, se precipitaba en la tierra? No se lo pregunté, pero la imagen de aquella garrapata me ha acompañado durante toda la vida. Años más tarde, cuando conocí el budismo, la bauticé como la garrapata budista. Tengo pendiente escribir un relato con este título.

Aquel día, el Vitaminas me invitó a ver la calle. Debían de ser las tres de la tarde, la hora en la que el barrio parecía el producto de una explosión nuclear. Bajamos, pues, al sótano, y nos dirigimos excitados al observatorio. Al poco, y debido al contraste entre la oscuridad de dentro y la luz inclemente de fuera, el

Vitaminas descubrió unos pelillos sobre mi labio superior.

—Tienes bigote —dijo.

—Y más cosas —añadí yo pensando en el vello púbico y en la pelusilla que comenzaba a aflorar en los sobacos.

El Vitaminas me miró nostálgico, con una nostalgia del futuro, pues resultaba evidente que, adondequiera que yo fuese, él no podría seguirme. Luego sacó del bolsillo un destornillador y comenzó a quitar los tornillos que sujetaban a la pared la rejilla que nos separaba de la calle.

—Vamos a salir a la calle por aquí, a ver qué pasa —dijo.

Intuí que salir a la calle por allí tendría consecuencias, pero no imaginé de qué tipo. Una vez fuera, comprobé con asombro que no perdía la calidad hiperreal que apreciábamos al mirarla desde el sótano. Todo estaba nuevo, por estrenar, lo mismo que mi cuerpo convaleciente. Incluso las esquinas más rotas emitían una suerte de resplandor que te obligaba a admirarlas. El Vitaminas era, evidentemente, un niño acabado, pero se percibía también en su acabamiento una perfección admirable. Recuerdo que pasó a nuestro lado un perro al que observé como si se tratara del primer perro de la Creación. Nunca un animal de esa especie había reclamado mi atención de aquel modo. Al detenerse para mear, levantando la pata, nos observó con el mismo asombro con el que nosotros lo observábamos a él. Quiero decir que se trataba de un asombro de ida y vuelta, un asombro que compartíamos con la normalidad con la que compartíamos la calle, como si el perro y nosotros fuésemos extensiones de la misma sustancia. El Vitaminas y yo nos miramos y nos echamos a reír, pero su risa y la mía eran también la misma. Se trataba de una risa colocada en el mundo para que la compartiéramos.

La puerta de la academia a la que iba Luz se encontraba abierta, de modo que nos asomamos y la vimos inclinada sobre una máquina de escribir, con los ojos tapados por una venda, practicando ejercicios de escritura ciega (así se llamaba, Dios mío, lo que aquella chica aprendía allí, escritura ciega). Al percibir nuestra presencia, se retiró la venda y nos miró, nos miramos, intercambiando algo que era de los tres, pero también del perro con el que nos acabábamos de cruzar. Fueron unos segundos de una intensidad irrepetible. Luz nos guiñó un ojo y sonrió. Luego, al ajustarse la falda debajo de los muslos, para evitar que se arrugara, nos mostró sin querer, durante unas décimas de segundo, el borde de sus bragas. Aquellas décimas de segundo no han dejado de durar, todavía estoy dentro de ellas. Si yo hubiera sabido dibujar, habría dibujado obsesivamente, durante el resto de mi vida, aquella visión. Al percibir nuestro desconcierto, nos sacó la lengua con gesto de burla cariñosa. Luego se colocó otra vez la venda y continuó practicando el método ciego mientras la adorábamos. Llevaba un niqui blanco y una falda blanca también, de las de vuelo, pero la venda con la que se tapaba los ojos, sin embargo, era negra. Negros eran también, para hacer juego, los golpes de los tipos que golpeaban la cuartilla al ritmo con el que sus dedos se deslizaban sobre el teclado de la máquina de escribir. Un día, un periodista me preguntó si me gustaba la música negra. Le dije que sí pensando en la que escuché aquel día remoto desde la puerta de la academia de mi calle.

La experiencia me agotó. Pero se trataba también de un agotamiento alucinatorio, repleto de detalles admirables tanto si los consideraba individualmente o en conjunto. La realidad había adquirido, además de aquel resplandor inédito, las propiedades de una construcción cuyas partes permanecían a la vista para que desde ellas pudiera viajar al todo. El Vitaminas reparó en mi palidez y me preguntó si me iba a desmayar. Le dije que no, pero le sugerí que regresáramos al sótano, por cuya abertura me colé de nuevo con la agilidad de una lagartija. Una vez dentro, el Vitaminas, que permanecía fuera, se agachó y me dijo que él entraría por la puerta de la tienda, como si no quisiera renunciar a la visión que nos había proporcionado salir al mundo por aquella trampilla secreta. Me preguntó si quería acompañarle, pero me faltó valor. No creí entonces que pudiera soportar una visión tan intensa durante mucho tiempo. Necesitaba recuperar el tacto gris de las cosas, sus calidades cotidianas, su vulgaridad habitual.

Cuando nos encontramos en el sótano, tras colocar de nuevo la rejilla sobre el vano, el Vitaminas, que tenía una mirada semejante a la de los santos en las estampas, me preguntó si quería ver «el ojo de Dios». Le pregunté cuánto me costaría y respondió que nada, que era un regalo. Entonces me llevó arriba, cogió algo de uno de los cajones del mostrador de la tienda y salimos a la calle, donde me enseñó el objeto. Se trataba del chasis de un carrete de hilo tapado por uno de sus extremos. Me dijo que mirara por el agujero libre y recibí una de las impresiones más fuertes de mi vida. En efecto, desde el fondo del tubo, un ojo me observaba. Tardé sólo unos instantes en comprender que se trataba de mi propio ojo, pues lo que había en el extremo del carrete era un espejo sujeto con un esparadrapo. Pero incluso después de haberlo comprendido continuó produciéndome impresión, si no miedo, mirar por el tubo (años más tarde recordaría este episodio al leer, creo que en un libro de Bataille, que el ojo por el que Dios nos ve es el mismo que por el que nosotros le miramos). El Vitaminas observaba mis reacciones con una sonrisa orgullosa, su rostro trasfigurado por un halo de santidad. Comprendí que, aun estando el uno al lado del otro, nos encontrábamos en dimensiones diferentes. A él, quizá porque no había regresado al sótano por el mismo sitio por el que había salido, no le había abandonado aquella visión alucinada de la calle a la que yo había renunciado por agotamiento.

Me regaló el tubo, para que viera el ojo de Dios cuantas veces me diera la gana en el futuro, pues él tenía varios de esos ojos. Había adquirido una gran destreza en su confección. Para darle al espejo la forma redondeada, lo raspaba pacientemente contra la pared. La construcción de un ojo, que en el fondo siempre era el mismo, le llevaba, me dijo, tres o cuatro días. Con el tiempo, yo mismo me convertí en un artesano de estas piezas. Cada vez que en casa se rompía un espejo, me hacía con los pedazos resultantes, que conservaba como un tesoro.

Aquella noche falleció el Vitaminas. Quizá mientras dormía su cuerpo había intentado desarrollarse un poco y su corazón había estallado. El caso es que era un muerto, estaba ya en el otro lado. Mi madre no me permitió ir a su casa (lo que le agradecí íntimamente), por lo que me pasé el día en la puerta de la mía, observando el movimiento fúnebre de la gente mayor en los alrededores de la tienda de ultramarinos, que permanecía «Cerrada por defunción», tal como rezaba el cartel que habían colocado sobre la persiana metálica. Entre aquellas personas, como un espectro, flotaba a ratos la hermana del Vitaminas. Tuve una revelación curiosa: aquella chica, sin ser guapa, me gustaba más que Luz, que era la belleza oficial. ¿Por qué me gustaba lo feo?

Al día siguiente apareció un coche de muertos con forma de carroza en cuyo interior introdujeron un ataúd blanco. Se suponía que mi amigo iba dentro. Eso fue por la mañana. A la hora de comer, mi madre criticó el color del ataúd, pues desde su punto de vista el Vitaminas era demasiado mayor para gozar de aquel privilegio. A mi pregunta de qué diferencia había, a efectos mortuorios, entre el blanco y el negro, respondió que el blanco simbolizaba la inocencia, la pureza. La impureza, por lógica, sólo podía guardar relación con aquello a lo que los adultos se referían como «tocamientos pecaminosos». El Vitaminas, en efecto, se «tocaba» con frecuencia, yo podía dar fe de ello. Inevitablemente, establecí una relación oscura entre la muerte y el sexo. Aprendía rápido.

Esa tarde salí a la calle y subí hasta López de Hoyos, donde había una pipera que vendía cigarrillos sueltos. Compré uno (un LM), lo encendí clandestinamente en el descampado y lo fui consumiendo con expresión de hombre duro, de hombre que ha sido golpeado por la vida. Aunque no me tragaba el humo, me mareé un poco, pero fue un mareo agradable, que me ayudó a evadirme. Quizá, pensé, esa misma noche el Vitaminas aparecería ya en el Barrio de los Muertos, como habíamos dado en llamarlo. Lo imaginé recorriendo las mismas calles que habíamos recorrido juntos. ¿Saldría a recibirle alguien? ¿Viviría (era un decir) con familiares muertos antes que él? ¿Reuniría yo algún día el valor suficiente para volver a ese barrio y buscar a mi amigo?

Muchos años más tarde, ya de mayor, sucedió algo que parecía un eco de la experiencia de la calle vivida desde el sótano de la tienda de ultramarinos, junto al Vitaminas. El caso es que un editor dio una fiesta en su casa para celebrar la salida de un libro mío. Por desgracia, era el único invitado que no podía faltar, aunque no me encontraba bien. Padecía desde hacía tiempo de una especie de gripe atenuada (quizá una convalecencia agravada) que me impedía respirar en lugares muy cerrados, o con demasiada gente. No iba al cine ni al teatro, o me colocaba junto a la puerta, para salir a tomar aire de vez en cuando. En los restaurantes, me situaba de tal modo que, llegado el caso, pudiera salir corriendo sin llamar la atención. Adquirí la costumbre, en los viajes, de meter en la maleta varios metros de un hilo de nailon muy resistente, por si el hotel se incendiaba y tenía que escapar por una ventana. La enfermedad (mental, a todas luces) me había convertido en un experto en fugas, en una autoridad en salidas de emergencia, en un loco a secas.

Tomé un ansiolítico antes de salir de casa y fui dando un paseo hasta la del editor para acumular la mayor cantidad de oxígeno en mi sangre. Llegué de los primeros, según mi costumbre, y me senté en una de las butacas del salón, fingiendo interesarme por un partido de fútbol que pasaban por la tele. El editor vivía en un ático con una gran terraza. Como hacía un tiempo excelente (era primavera), las puertas que daban a la terraza permanecían abiertas y por ellas entraban cantidades industriales de oxígeno.

Mientras saludaba a los que llegaban y fingía prestar atención a sus palabras, no hacía en realidad otra cosa que elaborar planes de fuga atendiendo a diversas emergencias imaginarias. Cada medio minuto, sonaba el timbre de la puerta y aparecían dos o tres personas más que iban ocupando los espacios libres de la sala. En un momento dado hubo que apagar el televisor (que permanecía sobre una mesa de ruedas) y colocarlo junto a la pared, para hacer sitio. La misma suerte corrieron las butacas y las sillas. Pero la gente

no cesaba de llegar, y en unas cantidades despropor-
cionadas para el tamaño del piso. La mayoría de los
invitados eran muy conocidos en su actividad. Había
escritores, desde luego, pero también periodistas y
actrices y jueces, y hasta un entrenador de fútbol. En
seguida me di cuenta de que eran varios los escritores
convencidos de que la fiesta se daba en su honor,
pues el editor nos había dicho a todos lo mismo. Lejos de molestarme, me liberó de la presión del protagonismo. Podía angustiarme cuanto quisiera sin llamar la atención, ya que los niveles de fama de la
mayoría de los invitados hacían de mí un perfecto
desconocido.

Eso me llenó de un optimismo injustificado que
me animó a hacer una excursión a la cocina, donde,
según contaban los que venían de ella, había, además
de toda clase de bebidas, un jamón excelente que tú
mismo podías cortar con un cuchillo capaz de partir
un cabello (longitudinalmente) en dos partes. Eso decían. Recuerdo haber emprendido el viaje de ida con
espíritu aventurero, incluso con cierta carga de absurda alegría. Conviene añadir que la música de esta primera parte de la fiesta provocó en mí, por razones de
orden personal, una suerte de euforia que me hizo
pensar en el jamón como en el vellocino de oro. Ya en
la mitad del pasillo, rodeado de cuerpos que iban y venían, me sentí como un explorador que debía llevar a
cabo una misión peligrosa en un medio hostil, pero
controlable. Me engañé: el medio no era controlable.

Tras un esfuerzo colosal alcancé la cocina, una
pieza con forma de útero, o de pera, que había al fi-

79

nal del pasillo. Una vez en ella, el instinto de conservación me hizo descubrir una ventana que daba a un patio interior y que permanecía abierta. Me asomé a ella y comprobé, todavía sin pánico, pero con preocupación, que apenas había en las paredes del patio elementos a los que aferrarse en el caso de emprender la huida por allí. La altura, un sexto piso, resultaba, por otro lado, disuasoria. Carraspeé un poco, aparentando naturalidad, y me hice un hueco entre la gente que había en la cola del jamón. En realidad, trataba de hacer tiempo para ver si era capaz de decidir algo, pues la euforia y el afán de aventura me habían abandonado. Por otra parte, el cálculo de posibilidades para regresar al salón arrojó un saldo negativo. Resultaba imposible atravesar aquella masa humana (y a contracorriente, pues eran más las personas que entraban que las que salían) sin perecer. Comparé la proeza con una situación que había visto recientemente en una película de aventuras, donde el protagonista, para escapar de un peligro, tenía que atravesar buceando una tubería de cincuenta metros, y comprendí que no sería capaz de aguantar la respiración durante tanto tiempo, así que permanecí en aquella especie de útero fingiendo que me apetecía probar aquel jamón tan elogiado. De vez en cuando, me asomaba a la ventana que daba al patio para tomar un poco del aire exterior, pues el de la cocina resultaba insuficiente para todos.

En esto, un joven escritor latinoamericano, que formaba parte del grupo en el que había logrado empotrarme tras obtener un par de lonchas de jamón, sacó un paquete de tabaco y ofreció un cigarrillo. En aquella época, yo fumaba compulsivamente o dejaba de fumar compulsivamente. Quiero decir que durante las temporadas de abstinencia era consciente de cada uno de los cigarrillos que no me fumaba. Ahora, me decía, no estoy fumándome el cigarrillo de después del café; ahora no me estoy fumando el cigarrillo de media mañana; ahora no me estoy fumando el cigarrillo de las doce; ahora... Me hacía tanto daño fumar como no fumar, pero mi salud era tan frágil que procuraba llevar una vida convencionalmente saludable. Atravesaba, en fin, una época de no fumador compulsivo. Pero el cigarrillo que me acababan de ofrecer era un LM (un LM, Dios mío). Creía que aquella marca de tabaco con la que yo me había hecho un hombre había desaparecido. Y quizá había desaparecido, pero lo cierto es que ahí estaba de nuevo, repitiéndose como un eco de aquella voz lejana. Tomé uno, decidido a no tragarme el humo, por tener las manos ocupadas, y lo encendí con la llama de un mechero ajeno.

El humo explotó, más que dentro de mi boca o de mis pulmones (porque finalmente me lo tragué), dentro de mi cerebro, con toda la carga evocadora de aquel sabor remoto. Sentí un ligero mareo y me retiré a la ventana para tomar aire. Se había hecho de noche y el patio interior había devenido en un pozo cuya oscuridad amortiguaban los grumos de luz amarilla procedentes de las ventanas de las casas. Dejé caer el LM y conté los segundos que tardaba en perder de vista su brasa. Entonces comprendí que la situación era desesperada, pues aunque había hecho como que no me daba cuenta, lo cierto era que el pánico había subido de nivel mientras conversaba con el grupo del joven escritor latinoamericano y no quedaba prácticamente un solo resquicio de mi vaso corporal por ocupar. Giré la cabeza para ver cómo estaba la situación en la entrada del útero, pero no había mejorado. Calculé entonces mis posibilidades de supervivencia en la cocina si permanecía allí hasta que terminara la fiesta y la salida quedara expedita, pero eran muy pocas; en realidad, ninguna: el aire de la estancia resultaba ya irrespirable y el del patio interior se había estancado, corrompiéndose. Por alguna razón, yo necesitaba cantidades mayores de oxígeno que mis contemporáneos. Yo no era uno de ellos (Dios mío, yo no era uno de ellos).

Comprendí que la única solución consistía en tomar aire, aguantar la respiración, y abrirme paso entre aquel océano de cuerpos hasta alcanzar una zona habitable. Calculé la longitud del pasillo (de la tubería) y visualicé todo el recorrido hasta la terraza del salón, que era mi objetivo. Luego, empujado por la angustia más que por una decisión consciente, busqué la salida del útero y comencé a parirme a mí mismo. Las bocas con las que me cruzaba se reían al verme avanzar con aquella tenacidad y yo les devolvía una mueca algo trágica, supongo, sin dejar de contener la respiración. Recuerdo que el director de un periódico en el que había comenzado a colaborar hacía poco, y con el que tropecé hacia la mitad del pasillo, colocó su mano derecha sobre mi hombro, intentando detenerme para decirme algo, y yo le di un manotazo. Poco antes de alcanzar el salón se me acabó el aire y comprendí que no había logrado mi objetivo. Me moriría allí mismo. Quizá, pensé, al verme muerto, el director del periódico comprendiera mi grosera actitud de hacía unos instantes y no ordenara mi despido. Si hasta entonces enviaba las colaboraciones desde casa, ahora las enviaría desde el Barrio de los Muertos. Hacía mil años que no me acordaba de aquel barrio, ni del Vitaminas. Después de todo, había logrado escapar de allí, o eso creía. Todas estas conjeturas desviaron mi atención de la muerte y casi sin darme cuenta me encontré en la terraza de la vivienda. Exhausto, pero vivo.

La terraza estaba también llena de gente, pero allí había aire para todos. Se había levantado además una pequeña brisa que barría al instante el producto corrompido de las respiraciones ajenas. Logré alcanzar sin problemas la zona de la barandilla, donde descubrí un poyete en el que me senté para recuperarme. Entonces alguien me colocó la mano en el hombro y me preguntó si me encontraba bien. Era M., un escritor hipocondríaco con el que había coincidido en un viaje colectivo a París y con el que había intercambiado, durante una semana enloquecedora, información sobre los ataques de pánico y las lipotimias. Por aquella época yo había sufrido dos (acababa de estar a punto de sufrir la tercera).

—¿Te encuentras bien? —preguntó con expresión solidaria.

—Sí, sí, he sentido un poco de claustrofobia ahí dentro.

—Y has entrado en fuga.

—He entrado en fuga, claro.

—Si quieres un ansiolítico...

—No..., bueno, sí, dámelo por si acaso.

—Es de última generación. Puedes mezclarlo con alcohol.

M. me dio una pastilla pequeña, que contemplé durante unos instantes en la palma de la mano.

—¿Cómo es posible —dije por decir algo— que una cosa tan pequeña pueda resultar tan eficaz?

—Las conjunciones —respondió M. extrañamente— son también pequeñas y eficaces.

Acumulé un poco de saliva y me la llevé a la boca.

—Gracias —dije.

—De nada, voy a dar una vuelta.

Me quedé solo. Como era de noche, mi presencia pasaba prácticamente inadvertida al resto de los bultos que hacían relaciones públicas en la terraza. El pánico se había retirado. Cuando se retiraba el pánico, regresaba el cálculo. Comencé a calcular los movimientos que sería preciso llevar a cabo para alcanzar, desde donde me encontraba, la puerta de la vivienda. No resultaría fácil, pues tendría que atravesar de nuevo la terraza, cruzar el salón en diagonal, y desde él conquistar el tramo de pasillo que conducía al vestíbulo, donde se encontraba la puerta. El número de cuerpos era infinito y aun llenando los pulmones hasta arriba de oxígeno, aparecerían sin duda obstáculos no previstos. Podía cruzarme, por ejemplo, otra vez con el director del periódico, con quien me tendría que detener para pedirle disculpas por el suceso del pasillo. Tampoco sería raro que me tropezara con el anfitrión, que estaba en todas partes, y tuviera que explicarle por qué me retiraba tan pronto...

Aunque con mayores reservas de oxígeno, me encontraba de nuevo en una situación semejante a la de la cocina. Y los efectos del ansiolítico no empezaban a manifestarse todavía. Me levanté para distraerme un poco y observé la calle seis pisos más abajo. La terraza estaba rematada, por la parte exterior, con una especie de cornisa que no conducía a ningún sitio. Para disimular la inquietud que había comenzado a alterar el funcionamiento de mis vísceras, me hice un hueco en un grupo de cuatro personas que criticaban a una quinta que, por suerte, no era yo. Llevaba allí medio minuto, sonriendo y diciendo que sí a todo, cuando la persona de mi izquierda me pasó un canuto. Guardaba en aquella época unas relaciones ambiguas con el hachís, pues unas veces me caía bien y otras mal, de manera azarosa. Di de todos modos una calada y al expulsar el humo recordé que acababa de tomarme un ansiolítico. Quizá no fuera una combinación adecuada. Entonces ocurrió lo siguiente: la angustia se concentró toda en el pecho y el cálculo, todo, en la cabeza. Podía estar simultáneamente muy calculador y muy angustiado, sin que la angustia acabara con el cálculo, gracias a que aquélla y éste se habían instalado en zonas estancas de mi cuerpo. Si lograba que permaneciese cada una en su sitio, pensé,

85

mi parte calculadora encontraría una solución para mi parte angustiada.

Así fue: sin dejar de prestar una atención fingida a la conversación, comencé a mirar disimuladamente a mi alrededor para evaluar las posibilidades de fuga. Advertí entonces que la terraza en la que nos hallábamos se encontraba separada de la de la casa vecina por un tabique muy fácil de superar. En realidad, pasar de una casa a otra era un juego de niños, aunque había que exponerse, desde luego, durante unos segundos al vacío, cuya atracción, calculé, quedaría suavizada por la visión de la cornisa. Una vez alcanzada la terraza de la casa de al lado, y si la puerta que daba al salón se encontrara abierta (lo que sería normal en aquella época del año), resultaría muy fácil llegar a la entrada de la vivienda y escapar de aquel infierno. La condición indispensable era que no hubiera nadie en el salón.

Sin dejar de sonreír, me aparté del grupo, regresé a la zona de la barandilla y asomé la cabeza a la terraza de la casa de al lado. En efecto, la puerta que comunicaba con el salón —completamente vacío— estaba abierta. Si la disposición de la vivienda, como suele suceder, fuera idéntica, aunque en espejo, respecto a la del editor, no tendría más que saltar a la terraza, atravesar el salón, salir desde él al pasillo, y caminar tres o cuatro pasos hasta la puerta de la casa. Teniendo sus riesgos, la huida, por ese lado, era infinitamente más sencilla que por éste. ¿Sería capaz? Ante la posibilidad real de llevarla a cabo, creció el pánico en el pecho, pero también el cálculo en la cabeza.

En esto, nuestro anfitrión pidió silencio desde el interior del salón. Quería dirigir unas palabras a los presentes. Todo el mundo, en consecuencia, se volvió hacia allí, dándome la espalda. Ahora o nunca, me dije. Y fue ahora, porque me vi, de súbito, subir a la barandilla para dejarme caer en seguida en la terraza de la casa de al lado. Tres segundos, cuatro, no sé, menos de lo que se tarda en contar. Luego, con movimientos cautelosos, sorteando los muebles, que dada la oscuridad reinante habían devenido en bultos, atravesé el salón de la vivienda y me asomé al pasillo. A mi izquierda, a no más de dos metros, se encontraba el vestíbulo, con la puerta de entrada al piso. A mi derecha, como había previsto, el pasillo se prolongaba para dar paso a las habitaciones, muriendo en una cocina con forma de útero. De una de las habitaciones del fondo, que permanecía con la puerta abierta, salía el resplandor intermitente característico de una televisión encendida y el diálogo apagado de los personajes de una película. Quizá se trataba de una de esas viviendas con cuarto de estar. Como los segundos discurrían con cuentagotas y mis sentidos estaban muy despiertos, anoté que la casa olía a verduras hervidas, y no porque las estuvieran hirviendo en aquel instante, sino porque el olor formaba parte de la identidad del piso, lo que no era raro teniendo cuarto de estar.

Y bien, la libertad estaba a tres o cuatro pasos, pero antes de darlos estudié desde mi posición, a la escasísima luz ambiental, las características de la cerradura, para no dudar una vez que me encontrara frente a la puerta. Por suerte, para abrirla sólo tuve que liberarla del resbalón, pues un cerrojo que había en la parte de arriba estaba sin echar. Una vez en el descansillo de la escalera, volví a cerrarla despacio, para evitar el ruido, y emprendí una carrera loca de alegría escaleras abajo. Descendía con tal ligereza y a tal velocidad que en algún momento tuve la impresión de que me deslizaba por la rampa de un tobogán de feria. Y mientras caía y caía, las puertas de las casas pasaban ante mis ojos como construcciones fantásticas al otro lado de las cuales se repetían vidas idénticas, existencias clonadas, dificultades y rutinas semejantes a la de la vivienda de la que acababa de fugarme. Tuve en aquellos momentos de euforia la impresión de haber escapado no de un piso, sino de una forma de vivir, de una dimensión de la realidad. Como se trataba de uno de esos edificios antiguos en los que el hueco del ascensor ocupa el alma de la escalera, hacia el tercer piso me crucé con la cabina de madera y cristales, que subía, mientras yo bajaba, y saludé a las personas que iban dentro como si desde un avión hubiera dicho adiós a los ocupantes de otro avión.

Con todo, lo mejor estaba por llegar, pues al alcanzar la calle volví a tropezar, después de tantos años, con la Calle. Quiero decir que la calidad de las fachadas, de las farolas encendidas, de los bancos, de las cabinas de teléfono, incluso la calidad de los transeúntes, era idéntica a la que había contemplado años atrás desde el sótano del Vitaminas y a la experimentada el día que salimos a la Calle por el tragaluz desde el que habitualmente la observábamos. La realidad había adquirido la excelencia que otorgan unas décimas de fiebre a cualquier escenario. La realidad era un escenario febril en el que cada objeto tenía una función. Daba gusto levantar los ojos y observar las ventanas encendidas, apreciar el color amarillento de la luz y adivinar las vidas que discurrían al otro lado de los visillos. Todo estaba por estrenar, por ver, todo estaba por inaugurar. Incluso las esquinas más sucias, más rotas, más meadas por los perros, tenían esa calidad de representación, de parque temático, que producía asombro. Me pregunté qué habría ocurrido si aquel día lejano de mi infancia no hubiera regresado al sótano por el mismo agujero por el que había salido de él. Tal vez la vida hubiera mantenido siempre aquel brillo o aquella fiebre que ahora acababa de recuperar y que nunca más, me dije, perdería.

Tomé un taxi y pedí al conductor que me llevara a aquel barrio del que quizá no había salido. El taxista era un hombre antipático, sucio, resentido. Tales condiciones, en otras circunstancias, me habrían molestado. En las actuales, sentí que me daban la oportunidad de asomarme a la maquinaria del disgusto, pues el hombre era como uno de esos relojes con la carcasa de cristal que, además de dar la hora, te muestran el truco gracias al que son capaces de dártela. Aunque el taxi olía mal, dije:

—Qué bien huele este coche.

El taxista me observó a través del espejo en busca, sin duda, de una expresión irónica. Pero tropezó con un gesto de franqueza. Inmediatamente añadí:

—Me recuerda el olor del primer coche de mi padre.

Casualmente, el hombre tendría la edad de mi padre. Me contó que, aunque le quedaban unos meses para jubilarse, continuaría trabajando unos años más porque tenía un hijo con dificultades psicológicas cuyo tratamiento era muy caro. Me interesé por él, por el hijo, y me relató que había sido un chico normal, muy guapo, hasta que se peleó con un compañero del colegio que le había insultado.

—A partir de ahí —añadió— se convirtió en un crío muy violento, que pegaba a todo el mundo. Lo llevamos por recomendación de los profesores a un psiquiatra que le empezó a dar unas pastillas que le volvieron loco y hasta hoy, que tiene veintisiete años.

Aprovechando un semáforo en rojo, el hombre sacó de la cartera dos fotografías. En una de ellas se veía a un niño precioso, de siete u ocho años, que miraba hacia el objetivo de la cámara con expresión de sorpresa. Tenía los labios entreabiertos y las aletas de las narices ligeramente dilatadas. El pelo, muy liso y muy brillante, como si se lo acabaran de mojar, le caía sobre la frente de un modo en apariencia casual. Era, en efecto, un niño guapo, incluso turbadoramente guapo. En la otra fotografía había un muchacho de unos veinticinco años con la expresión característica de un desequilibrado. Los ojos, dirigidos a la cámara, no miraban en realidad a ningún sitio, al menos a ningún sitio que se encontrara en este mundo.

El hombre me mostraba aquellas fotos de su hijo utilizando, sin darse cuenta, las técnicas del «antes» y el «después» de la publicidad de los crecepelos. El antes y el después de la medicación psiquiátrica. Yo me había inclinado sobre el asiento de delante, para acercarme a las fotografías que el hombre había colocado bajo la débil luz del techo. Sentí que nos encontrábamos, el taxista y yo, dentro de una burbuja y que aunque aquello duraría unos segundos —lo que tardara el semáforo en cambiar de posición— permanecería toda la vida, como permanecía en mi existencia aquel guiño que Luz nos había dirigido el día que salimos a la calle desde el sótano, tras quitarse la venda negra con la que practicaba la escritura ciega. O como continuaba durando la mirada de Dios desde la primera vez que me asomé al tubo en uno de cuyos extremos se encontraba su ojo.

Me bastaba ver el antes y el después de aquel pobre crío para comprender el antes y el después de la vida del taxista, de todas las vidas en realidad. Supe que si en ese instante me pusiera a narrar la existencia de aquel conductor malhumorado, amargo, maloliente, levantaría una obra maestra porque aunque mi cuerpo estaba atrapado en el interior de aquellos segundos miserables que tardaba el semáforo en cambiar de color, mi cabeza trabajaba en una dimensión temporal distinta, tan distinta que se me apareció la novela de arriba abajo y se trataba de lo que llamábamos, Dios mío, una novela total. Con la precisión con la que se observa la maquinaria de un reloj abierto, vi todas y cada una de las piezas de las que estaría compuesto aquel relato, aquella vida por la que empezaba a sentir una piedad que no me hacía daño, pues se trataba de una pieza más del edificio narrativo. Sólo tenía que evaluar la calidad de la piedad con la mirada con la que el arquitecto efectúa un cálculo de resistencia de materiales. Pero alguien que veía las cosas con aquella lucidez, me dije inmediatamente, no podía perder el tiempo en contar una historia como la del taxista, por total que resultase. Yo estaba obligado a contar la historia del mundo, es decir, la historia de mi calle, pues comprendí en ese instante que mi calle era una imitación, un trasunto, una copia, quizá una metáfora del mundo. Intuí también que debería emplear, para sacarla adelante, un método de la familia de la escritura ciega, que era, paradójicamente, la escritura de Luz.

Durante aquellos instantes decisivos comprendí también que la suciedad y la antipatía del taxista no estaban colocadas en el mundo contra mí y porque no estaban en el mundo contra mí yo podía observarlas desde aquella distancia clínica en la que me había instalado. De esta revelación se dedujo que tampoco el mundo estaba mal hecho en contra mía. Quizá ni siquiera estaba mal hecho. El mundo era como era y había en él pulgas, chinches, ratas; había en él dolor y daño, desde luego, pero no se trataba de un dolor ni de un daño puestos ahí para amargarme, no, ni siquiera era correcto decir que había pulgas, chinches, ratas, dolor y daño como si fueran las partes de una totalidad. Lo que había era una lógica de la que se desprendían, entre otras cosas, las chinches y las ratas; una lógica de la que me desprendía yo y el conductor del taxi y su hijo loco... Recordé una en-

92

trevista que había leído, no hacía mucho, con Dios. Su autor era un conocido periodista norteamericano que se encerró durante meses en una habitación con una médium. Él le hacía preguntas a la médium y la médium se las trasladaba a Dios. A veces, Dios tardaba horas o días en responder (en el caso de que el silencio no fuera una respuesta), pero cuando hablaba decía, por increíble que parezca, cosas de una pertinencia demoledora, de una eficacia atroz. Así, a la pregunta del porqué de la muerte respondió que para él la muerte no era más que «un desplazamiento dentro de la vida». Dios nunca la había imaginado de otro modo y no entendía por qué nosotros, los usuarios de la muerte, nos la habíamos tomado como una agresión personal. Un desplazamiento dentro de la vida. Era evidente que nos habíamos equivocado al nombrarla, o al llenar de contenido su nombre. Ni la muerte ni los taxistas malolientes estaban en el mundo para hacerme daño a mí, a nosotros.

A medida que se me ocurrían estas cosas se las iba diciendo al taxista, que en un momento dado comenzó a llorar de gratitud. Era verdad, decía, su hijo no se había vuelto loco para amargarles a él y a su mujer la existencia. La locura no era más que un desplazamiento dentro de la vida, una manifestación de la lógica misteriosa de la que formábamos parte. El error era interiorizarla como un problema. Ocurrió dentro del taxi, entre aquel hombre maloliente y yo, algo inefable de verdad: un milagro, una revelación, una señal. Lo mejor, con todo, era el hecho de comprender que el milagro se repetía a cada instante, dentro de cada taxi, de cada hogar, de cada cuerpo. El problema era que no nos colocábamos en el lugar adecuado para observar la realidad. Por eso veíamos muertes donde sólo había desplazamientos de la vida.

Bajé del taxi transformado y recorrí mi calle, desde el principio al fin, en estado de trance. Ya no era la misma, desde luego. Todas las casas bajas de mi infancia habían sido sustituidas por edificios de seis y siete pisos. Pero yo era capaz de ver los fantasmas de las viviendas antiguas y de sus moradores dibujados sobre aquellas fachadas. Vi a mi padre, en el taller, inclinado sobre un filete de vaca en el que hacía cortes con su bisturí eléctrico; vi a Luz con los ojos tapados por una venda negra practicando el método ciego (¡el método ciego!) frente a la máquina de escribir, en la academia; vi a mi madre desenroscando con avaricia el tapón de un frasco de ansiolíticos; vi al Vitaminas, con su bicicleta al lado, fabricando un nuevo ojo de Dios, una nueva mirada con la que contemplarse a sí mismo; vi a su hermana flotando entre los edificios, dentro de su falda de tablas, como una aparición; vi las tardes muertas de mi adolescencia, las tardes muertas, nunca se ha dicho eso de las mañanas, ni de las noches, pues sólo la tarde, de entre todos los momentos del día, es mortal: al caer la tarde, se dice, al morir el día, que es la muerte también de la tarde. Las tardes muertas, con la perspectiva que da el tiempo, resultaron ser las más vivas de mi existencia. Ellas, para bien o para mal, me hicieron; de aquellas tardes por las que deambulé ocioso, como un fantasma, nací. Y pensé, en fin, en el Barrio de los Muertos que demostraba que la muerte no era más que un desplazamiento dentro de la vida... Pero lo que vi, sobre todo, fueron las conexiones invisibles que unían todo aquello, y eran tan sólidas, las conexiones, que en la realidad profunda todo era una manifestación de lo mismo. Aquella variedad, paradójicamente, estaba al servicio de la unidad, pues sólo había una cosa, mi calle, es decir, la Calle, o sea, el mundo, el mundo, del que Luz y yo éramos meros desplazamientos, meros lugares. Luz y yo y la hermana del Vitaminas y el Vitaminas muerto éramos lo mismo.

La revelación me convirtió durante unos instantes en el tipo más religioso del mundo (religión, como se ha dicho tantas veces, viene de *religare*, que significa unir). Pero de repente apareció en el cuerpo de la euforia, de la fiebre, una grieta, es decir, una pregunta: ¿Y si lo veía todo así porque había salido a la realidad por una puerta falsa (la de los vecinos de mi anfitrión), en vez de por la verdadera? Era lo que me había ocurrido cuando salí a la calle por el respiradero del sótano del Vitaminas. De hecho, la visión desapareció cuando regresé a él por el mismo lugar. ¿Sucedería lo mismo si deshiciera ahora lo andado, si entrara en la casa de los vecinos del editor y desde ella alcanzara la terraza y desde la terraza la vivienda de mi anfitrión para regresar a la calle por el lugar correcto? ¿Desaparecerían la fiebre, el aura, la relevancia de las cosas? ¿El mundo regresaría a la opacidad propia de las tardes de los domingos?

Decidido a comprobar la resistencia de aquellos materiales, tomé otro taxi para desandar lo andado y regresar a la realidad por la puerta verdadera. No sabía de qué modo lograría entrar de nuevo en la vivienda de los vecinos del editor y saltar otra vez de una terraza a otra, pero supuse que una vez allí se me ocurriría algo.

Con esta confianza entré en el edificio y me introduje en el ascensor de madera y cristal que me condujo al sexto piso. He aquí que al abandonar el ascensor observé que la puerta de los vecinos se encontraba entreabierta. Asomé la cabeza y vi el salón y el pasillo llenos de gente, formando corros en los que se debatía, con seriedad, algún asunto grave. Como mi presencia no resultaba extraña, entré, me confundí con uno de los grupos y comprendí en seguida que había muerto alguien. Por el flujo de las personas, deduje que la capilla ardiente se encontraba al final del pasillo, a la derecha, en la habitación que yo había tomado por un cuarto de estar en mi primer asalto y que resultó ser un dormitorio muy amplio, casi un estudio, en cuya cama descansaba un joven con bigote frente a cuyo cuerpo fingí meditar unos instantes. Si el bigote me llamó la atención, fue porque parecía postizo, aunque entonces no pensé en ello. Di un par de veces el pésame y luego regresé al pasillo, desde donde me incorporé al salón. En la terraza había gente también, pero deduje, dado el estado de recogimiento general, que no me sería difícil buscar el momento adecuado para saltar a la casa de al lado.

Inclinado sobre la barandilla, junto al muro que separaba las dos viviendas, y fingiendo que contemplaba la calle, me asomé a la casa del editor y comprobé que aunque había gente en el salón, los invitados no habían empezado a ocupar aún la terraza. Debido a una rareza inexplicable, parecía que la fiesta acabara de empezar, como si se me estuviera concediendo una segunda oportunidad para afrontarla. Pasar de un lado a otro no era más que un problema de oportunidad y decisión. Pensé en mí en términos de insecto. Imaginé que era una mosca. ¿Quién, en un velatorio o una fiesta, presta atención a una mosca? Entonces, con movimientos animales, tras comprobar que nadie me miraba por este lado ni por el otro, salté. Resultó asombrosamente fácil, pero todo era así de fácil con aquellas décimas de fiebre o de euforia en las que vivía instalado.

A los dos o tres segundos de encontrarme en el territorio del editor, salió a la terraza un grupo de cuatro o cinco personas a las que saludé, pues conocía a todas, aunque no tenía confianza con ninguna. Discutían con pasión acerca de una película que uno calificaba de obra maestra y los demás de basura. En un momento determinado me pasaron un porro al que di una calada. No era hachís, sino marihuana, y muy buena, porque bastó esa calada para hacerme flotar. Me pareció que nadie se daba cuenta de que me había levantado unos centímetros del suelo, lo que me hizo gracia y me reí. Todos me miraron, creo que con gesto de censura, pero yo puse una expresión como de qué queréis que os diga y continuaron con lo suyo.

La segunda calada reforzó la sensación de estar levitando. Entonces, un sexto sentido me advirtió de que debía retirarme de aquel grupo en el que no había caído bien. Comencé a caminar en dirección al salón con alguna dificultad, habida cuenta de que no tocaba el suelo. Por mucha voluntad que pusiera, mis pies se quedaban siempre a tres o cuatro centímetros del piso, como si hubiera un colchón invisible entre éste y aquéllos, lo que me obligaba a caminar haciendo un poco de equilibrio. Me iba riendo solo por la situación, pensando en el muerto con bigote de la casa de al lado... Nunca había visto un muerto con bigote. Fue entonces cuando me vino a la cabeza la idea de que quizá el bigote fuera falso. Y comprendí también que la incomodidad que había sentido frente al cadáver procedía del sentimiento, que verbalicé con retraso, de que el muerto era en realidad una mujer, una mujer a la que habían travestido con aquel postizo.

Rumiando la sorpresa, me senté en una especie de taburete que había frente al sofá, fingiendo que me incorporaba a una conversación cuya voz cantante llevaba el editor, que al reparar en mí dijo que no me había visto llegar.

—Es que he entrado por la terraza —respondí con naturalidad y todos se rieron.

Comprendí en seguida que hablaban de un jamón excelente que había en la cocina y del que uno se podía servir a su gusto. Nuestro anfitrión estaba explicando que lo había comprado por correo. En realidad, había comprado el cerdo entero, pero se lo enviaban por partes que describía con una minuciosidad un poco agobiante:

—Entre junio y julio —decía— me envían cuatro piezas de chorizo, cuatro de salchichón, un lomito, una panceta, una morcilla grande y una sobrasada. En octubre, dos chorizos culares curados en tripa natural, dos salchichones culares curados en tripa natural también, y un primer lomo. En diciembre, un segundo lomo, otro chorizo cular curado en tripa natural, un salchichón cular curado en tripa natural, un segundo lomito y un morcón extra en ciego natural...

Le pregunté qué significaba «en ciego natural» porque la expresión me dio miedo.

—El ciego —dijo satisfecho de mostrar su erudición porcina— es la parte del intestino grueso que termina en un fondo de saco.

—Un *cul de sac* —tradujo alguien instintivamente.

—Eso —aprobó el editor, que continuó con la retahíla anterior—: En marzo, una paletilla; en septiembre, la otra. Los dos jamones te los envían en diciembre, por las Navidades.

—Yo —dijo un individuo que había a mi lado— compré hace un par de años las obras completas de Tolstoi del mismo modo. Es decir, compré a Tolstoi entero, pero me lo fueron enviando por piezas a lo largo de los doce meses siguientes. Pero donde ponía Tolstoi era Tolstoi, no era Dostoievski ni Zola ni Balzac. ¿Cómo sabes tú que las paletillas y los jamones y el morcón extra en ciego natural pertenecen al cerdo que has comprado y no a distintos animales?

—Te tienes que fiar —dijo el editor con expresión de franqueza—, porque tú no le ves la cara al cerdo. Ya digo que se hace todo por correo.

—Seguramente será un cerdo simbólico —añadió otro de los participantes—, no un cerdo concreto, con nombre y apellidos. Lo que estás comprando son dos paletillas, dos jamones, equis chorizos, salchichones y lomos, etcétera. Te lo venden como si pertenecieran al mismo cerdo para que te hagas la ilusión de poseer ganado.

—Es como cuando apadrinas a un niño en el Tercer Mundo —terció una escritora—; no quiere decir que el dinero que envías sea para ese niño concreto, porque la organización lo administra para la comunidad, pero lo personalizan para que tú tengas un rostro en el que volcar el afecto que te ha impulsado a suscribirte.

—Exacto —dijo el individuo de antes.

—¿Y qué pasa con la piel? —intervine yo.

—¿Con qué piel? —preguntó el editor.

—Con la del cerdo que has comprado. ¿No te la envían?

—Pues no —respondió un poco receloso.

—Con la piel encuadernan las obras completas de Tolstoi que compra éste —saltó un guionista de la tele.

Echamos una carcajada y el editor cambió de grupo no sin animarnos a hacer una excursión a la cocina, para que comprobáramos las excelencias del jamón.

—Y del cuchillo —añadió—, pues al hacer el pedido te regalan un cuchillo jamonero capaz de partir un cabello, longitudinalmente, en dos partes.

Emprendí el viaje de ida con espíritu aventurero, incluso con cierta carga de absurda alegría. Conviene añadir que la música de esta primera parte de la fiesta provocó en mí, por razones de orden personal, una suerte de euforia que me hizo pensar en el jamón como en el vellocino de oro. Ya en la mitad del pasillo, rodeado de cuerpos que iban y venían, me sentí como un explorador que debía llevar a cabo una misión peligrosa en un medio hostil, pero controlable. Me engañé: el medio no era controlable.

Quiero decir que se repitió todo de manera idéntica a la vez anterior. Alcancé, pues, la cocina con forma de útero que había al final del pasillo. Descubrí la ventana que daba a un patio interior, comprobé que sus paredes carecían de elementos a los que aferrarse en el caso de emprender la huida por allí. Partí un par de lonchas de jamón, acepté un LM (¡un LM!) de un joven escritor latinoamericano. El humo explotó dentro de mi cerebro. Sentí un ligero mareo. Arrojé el LM encendido por la ventana del patio y conté los segundos que tardaba en perder de vista su brasa, etcétera.

Sabía a cada instante lo que haría al siguiente y me entregaba sumisamente a la repetición con la esperanza de que en algún momento apareciera un recodo, un callejón, una grieta que me permitiera escapar de aquella situación duplicada. El recodo apareció cuando, decidido a alcanzar la terraza en busca de oxígeno, braceaba con desesperación por el pasillo, poco después de que el director del periódico me pusiera la mano sobre el hombro y yo me liberara de ella de un manotazo. De repente, vi, a mi derecha, la puerta de una habitación en la que me colé. Allí había una reserva de aire sin estrenar, una burbuja gigantesca de oxígeno. Había también una cama de matrimonio, una cómoda con un espejo redondo, dos mesillas de noche y una puerta que daba a un cuarto de baño al que entré ya agonizante y sobre cuyo retrete logré sentarme unos segundos antes de expirar, pues aunque lo que ocurrió en términos técnicos se llama lipotimia, a mí me pareció que era una muerte, una pequeña muerte, si me pidieran que lo rebajara, pero una muerte al fin, con su agonía, sus estremecimientos, incluso con su túnel. Al final del túnel, en vez de la aglomeración de luz a la que se refieren los que han pasado por experiencias semejantes, había un ojo: el ojo de Dios, quizá el mío, como si me encontrara dentro de uno de aquellos tubos fabricados por el Vitaminas. Recuerdo que unas décimas de segundo antes de perder el conocimiento dije: Ahí os quedáis. Y durante esas décimas (que quizá eran de fiebre, más que de tiempo) fui el hombre más feliz que jamás ha pisado la Tierra.

Pasó un tiempo indeterminado durante el que debí de soñar que lograba llegar a la terraza para alcanzar desde ella la casa vecina y salir a la calle, al mundo, por la puerta falsa. Alguien agitaba mi hombro y me llamaba por mi nombre. Abrí los ojos y vi al editor con expresión de susto. Dos metros más allá de él estaba su mujer con cara de asco. Yo me encontraba en el suelo, encogido en posición fetal. Mientras me incorporaba, reconstruí lo sucedido y casi me muero una vez más, en esta ocasión de vergüenza. La fiesta había terminado y, al ir a acostarse, el editor y su mujer habían dado con mi cadáver en el cuarto de baño de su dormitorio. Balbuceando una excusa, les expliqué que me había sentido mal y que buscando un cuarto de baño me había metido sin querer en el que no era. A todo esto, me observé fugazmente en el espejo y tenía, en efecto, una cara de resucitado de la que yo mismo me espanté. Al caer desde la taza del retrete debía de haberme golpeado, por lo que tenía en la frente un bulto de considerables proporciones.

El editor se ofreció a llamar a un médico y su mujer a prepararme una infusión, pero yo les dije que no se preocuparan, que me encontraba bien, y salí a la calle, al mundo, a la realidad, esta vez por la puerta correcta. Eran casi las cinco de la madrugada y apenas había transeúntes, ni circulación, pero encontré abierto un bar en el que entré y pedí un té para reconstruir mi sueño, en el caso de que hubiera sido un sueño, pues lo recordaba todo, absolutamente todo, como real, incluso como hiperreal. Habría sido capaz, aun dentro del aturdimiento que implica toda resurrección, de repetir una a una las palabras del taxista que me había relatado la historia de su hijo, cuyas fotografías (el antes y el después de la locura) se me habían quedado grabadas de un modo indeleble. Recordaba también, segundo a segundo, mi paseo por el barrio, y la sensación de que los edificios y las farolas y los semáforos y los automóviles despedían un halo de singularidad inolvidable. Recordé asimismo la decisión de deshacer el camino para regresar al mundo por la puerta de verdad y me pregunté qué habría ocurrido si no lo hubiera hecho. Quizá, pensé con nostalgia, continuaría dentro, para siempre, de un mundo luminoso, diáfano, un mundo decente, en fin. Tal vez no me habría despertado.

He visto la Calle, es decir, una especie de versión platónica de mi calle, en otras ocasiones, después de haberla recorrido en aquel sueño, y siempre la Calle era una especie de maqueta del mundo. La vi una vez en Nueva York, caminando desde el edificio Grand Central, la extraña estación cuyo vestíbulo parece un hormiguero, hacia mi hotel. Los escaparates y las personas, mientras yo pasaba a su lado, comenzaron a resplandecer súbitamente como resplandecían las personas y las cosas observadas desde el sótano de la tienda del Vitaminas. Permanecí quieto en la acera, temiendo que la visión desapareciera en seguida, pero se prolongó durante varios minutos. Y aunque yo estaba en Nueva York, tan lejos de casa, me encontraba en realidad en mi calle, como si mi calle, mi mundo, estuviera en todas partes. He tenido experiencias semejantes en Quito, en Manchester, en México... Es muy frecuente, cuando viajo solo, que me encuentre con mi calle vaya donde vaya. Por eso, al llegar a una ciudad, sobre todo si se trata de una ciudad desconocida, lo primero que hago, tras dejar el equipaje en la habitación del hotel, es salir a pasear sin rumbo. Tarde o temprano, al torcer una esquina, se me aparece la calle. Y cada vez que se me aparece la calle me veo también a mí mismo e intento entenderme con una piedad a la que, con el paso del tiempo, he logrado despojar de lástima. No me doy lástima, sino curiosidad. ¿Cómo logró sobrevivir a todo aquello alguien tan frágil? ¿Cómo, me pregunto, logró salir adelante aquel conjunto de huesos, aquel puñado de carne que creció en el hueco de una escalera, en la oscuridad de un sótano...? Si hubiera muerto entonces, y quizá lo hice, cómo denominar todo lo que ha ocurrido después, todo lo que continúa ocurriendo cada día. A lo largo de la vida he ido encontrando sustitutos del sótano del Vitaminas, lugares desde los que de un modo u otro también se veía el mundo. El psicoanálisis fue uno de esos lugares. Los cincuenta minutos de sesión significaban cincuenta minutos de visión. No era raro que al abandonar la consulta tuviera que pasear durante una o dos horas para digerir lo que había visto desde el diván. La lectura y la escritura son también espacios desde los que no siempre, pero de vez en cuando, se ve la calle, quiero decir la Calle, o sea, el mundo.

No tomé nota de aquel sueño, si finalmente se trató de eso, de un sueño, en la casa del editor, pero cada vez que lo evoco regresa a mi memoria con la minuciosidad con la que lo he descrito. Y no ha perdido, como sucede habitualmente con los sueños, intensidad alguna, no ha perdido brío, ni violencia, no ha perdido textura ni sabor. Está ahí siempre, en medio de mi vida, como una novela que espera ser escrita. Una vez, por cierto, se me apareció una novela. Digo que se me apareció una novela porque tuvo los ingredientes de una experiencia mística. Fue a las pocas horas de la incineración del cuerpo de mi madre.

Al regresar a casa, y como no pudiera dormir pese al cansancio, me senté en una butaca a meditar y entré al poco en un estado de vigilia atenuada, de ensueño, en medio del cual se manifestó una novela entera, desde la primera hasta la última línea. Y se trataba de una obra maestra a la que sólo tendría que dedicar, si decidiera escribirla, trabajo, pues el talento, la intensidad, el vigor, todo eso, lo ponía ella, la novela. Al salir del ensueño, me senté a la mesa, dispuesto a comenzarla, pero había perdido toda su sustancia. Me he culpado a menudo de esa pérdida, como si se hubiera producido por algo que hice mal. Pero ignoro qué pudo ser.

TERCERA PARTE

—

TÚ NO ERES INTERESANTE PARA MÍ

Y si el adulto soñaba con que se le aparecieran novelas, el niño soñaba con que se le apareciera Dios, lo que en principio no era tan difícil. Vivíamos en un mundo en el que Dios existía hora a hora, minuto a minuto. Rezábamos al comenzar las clases, al terminarlas; nos santiguábamos al atravesar la calle; besábamos las manos de los sacerdotes; orábamos al acostarnos, al levantarnos; al sentarnos a la mesa; al levantarnos de ella... Cada acto de nuestra vida era un sacrificio hecho a Dios, bien fuera para complacerle, bien para provocar su ira.

El infierno quedaba a la vuelta de la esquina, se podía ir dando un paseo, a veces bastaba tropezar en una piedra para caer en él. Si esa noche te habías masturbado y morías, ibas al infierno. Si habías chupado un caramelo antes de comulgar y morías, ibas al infierno. Si te atacaba en medio de la clase de Lengua un pensamiento impuro y morías, ibas al infierno... Era más fácil terminar en el infierno que en la prisión, pese al premonitorio «acabarás en la cárcel» de las madres de la época. Afortunadamente la confesión ponía el contador a cero.

La idea de la salvación (y la condena) contaminaría en el futuro cualquier actividad. Es probable que los conceptos de éxito y fracaso, entre nosotros, procedan aún de ese binomio. Dios era el dueño de nuestros días, de ahí que el año se ordenara de acuerdo a los sucesos más importantes de la vida de su hijo, que nacía durante las vacaciones de Navidad y fallecía en las de Semana Santa.

Los meses funcionaban, pues, a modo de capítulos de un relato cuyo argumento principal era la vida de Cristo. Si quitabas a Dios de la existencia, las vidas de los hombres se desagregaban como las cuentas de un collar desprovisto de su médula (en torno a lo irreal se articulaba lo real; siempre ha sido así). A mí me gustaban las Navidades, como a todos los niños, pero me interesaba la Cuaresma, ese tiempo litúrgico que iba desde el Miércoles de Ceniza hasta la Pascua de Resurrección, caracterizado por ser un período de penitencia durante el que reproducíamos el ayuno que observó Cristo en el desierto antes de dar comienzo a su ministerio. Curiosamente, yo sólo doy valor a lo que escribo en ayunas. Me levanto pronto, sobre las seis de la mañana, y me siento a la mesa de trabajo sin tomar nada hasta las nueve. Considero como mío, y para mí, lo que escribo durante ese tiempo. Lo que escribo después del desayuno está contaminado por las miserias laborales, por el imperativo de ganarse la vida. Mis novelas, así como los trabajos periodísticos que más aprecio, están escritos entre las seis y las nueve de la mañana. El ayuno.

Y bien, Dios estaba ahí todo el tiempo para lo bueno y para lo malo, generalmente para lo malo, porque se trataba de un Dios colérico, violento, castigador, fanático. Dios era un fanático de sí porque vivía entregado a su causa de un modo desmedido, como si en lo más íntimo desconfiara de la legitimidad de sus planes o de sus posibilidades de éxito. Podríamos decir que era un nacionalista de sí mismo. Tenía otras caras, pero ésta dominaba sobre las demás. Lo raro para un pensamiento ingenuo como el nuestro era que lograba estar sin estar, pues se manifestaba a través de su ausencia, que lo llenaba todo. Por eso soñábamos con que se nos apareciera, con que se hiciera evidente, palpable. Soñábamos con un milagro.

El curso siguiente al fallecimiento del Vitaminas, por alguna razón que no recuerdo, fuimos mi madre y yo solos a que nos pusieran la ceniza. El Miércoles de Ceniza era un día normal, lectivo, por lo que lo único que se me ocurre es que yo estuviera lo suficientemente enfermo como para no ir a clase, aunque no tanto como para no ir a la iglesia. Salimos de casa a primera hora de la mañana. Yo iba de la mano de ella, de la mano de mi madre, que envolvía la mía con la sutileza con la que un papel de regalo envuelve un obsequio (¿era yo su obsequio?). Mi madre era alta y tenía el cuerpo lleno de formas, creo que era muy guapa, muy llamativa. Llevaba un chaquetón negro que debió de durarle muchos años, pues se lo he visto en fotografías de distintas épocas. En la parroquia, situada a dos o tres calles de la nuestra, había más gente que había acudido a recibir las cenizas, de modo que tuvimos que hacer cola. Cuando llegó mi turno, que aguardé temblando de emoción, el cura, más que ponerme las cenizas, me las imprimió: tal fue la violencia con la que dibujó la cruz sobre mi frente. De vuelta a mi banco, no me atrevía a mover la cabeza por miedo a que se me cayeran, pues mi idea era conservarlas al menos hasta que mis hermanos regresaran del colegio, para presumir de ellas. Y no es que a ellos no se las hubieran puesto, sino que en mí, eso creía yo, poseían un significado especial, como la cicatriz en un héroe. Recuerda, hombre, que eres polvo y que en polvo te has de convertir. Constituía un alivio saber que la vida no era más que un paréntesis. Un alivio terrorífico.

Cenizas.

Ya he dicho que detrás de mi escritorio, en un pequeño armario donde guardo las agendas y los cuadernos usados, se encuentran también desde hace algún tiempo las cenizas de mi madre. Y las de mi padre. Las recuperé con el objetivo de llevarlas a Valencia y arrojarlas al mar, tal como deseaban, de modo que hace un par de semanas, coincidiendo casualmente (¿casualmente?) con los primeros días de la Cuaresma, acepté dar una conferencia en un centro cultural valenciano que venía pidiéndomelo desde hacía un par de temporadas. Aprovecharía el viaje para desprenderme de las cenizas cuya posesión comenzaba a pesarme.

Para este tipo de desplazamientos de un día o dos suelo llevar una maleta pequeña, de las que no hay que facturar, en la que caben el ordenador, una muda y poco más. Pensé ocupar el sitio del «poco más» con las cenizas de mis padres. Pero las urnas abultaban demasiado, de modo que el día anterior a mi partida, en un momento en el que me encontraba solo en casa, las abrí muerto de miedo, sin saber con qué tropezaría allí dentro después de tantos años. Comprobé con alivio que las cenizas se encontraban a su vez dentro de una bolsa de plástico que me dispuse a extraer de las vasijas.

Empecé con las de mi madre, pero la boca de la urna era más estrecha que el cuerpo de la bolsa, por lo que se resistía a salir. La vasija tenía además un borde afilado que acabó haciendo un corte en el plástico. Parte de las cenizas se derramaron sobre la mesa, junto al ordenador. Traté de imaginar, sudando de angustia, qué les diría a mi mujer o a mis hijos si en ese momento aparecieran.

Logré sacar al fin la bolsa, que pesaba y abultaba más de lo previsto, y la coloqué a un lado. Después, con el borde de una cuartilla recogí los restos que se habían salido y los devolví a su sitio. Quedó un polvillo que soplé esparciéndolo por la atmósfera. Parte de las cenizas fueron a parar al teclado del ordenador. Supongo que se colarían por sus ranuras y que ahora formarán parte de sus vísceras, quizá de mi escritura. En cualquier caso, la bolsa original había quedado muy deteriorada, de manera que busqué otra en la que introducirla y encontré una de El Corte Inglés, lo que no dejaba de resultar irónico dado el gusto de mi madre por los grandes almacenes, a cuyas rebajas acudía cada año. Desde el punto de vista de los significados últimos de la sociedad de consumo, se trataba de una operación de alto contenido simbólico.

Con las cenizas de mi padre sufrí menos, fueron menos rebeldes (también eran más escasas), pero acabaron asimismo en otra bolsa de El Corte Inglés, pues la original tampoco estaba bien. En ambos casos, me sorprendió comprobar que las cenizas son algo más que cenizas. Son la osamenta del difunto triturada, reducida a fragmentos muy pequeños, pero en los que resulta reconocible el tejido del que proceden. Sellé las bolsas con cinta adhesiva, para evitar sorpresas, y las introduje en el maletín de viaje, con idea de dejarlo todo dispuesto para el día siguiente. Abultaban más de lo que había imaginado, por lo que prescindiría del ordenador, que en la mayoría de los casos me acompaña como un fetiche, más que como una herramienta: en viajes de ida y vuelta apenas tienes tiempo para trabajar. Mi idea era llegar a Valencia a primera hora de la mañana, tomar un taxi que me condujera a la playa, esparcir las cenizas, dar la conferencia, comer con los organizadores y regresar a Madrid a media tarde.

Aunque Isabel sabía que conservaba las cenizas, no le dije que me las llevaba en ese viaje para evitar que se ofreciera a acompañarme, pues se trataba de algo, creía yo, que debía hacer solo. Llamé a un taxi con mucha antelación, según mi costumbre, y llegué al aeropuerto con hora y media de anticipo sobre el vuelo. En el mostrador de facturación, presenté mi carné de identidad, pues se trataba de un billete electrónico, y me dieron la tarjeta de embarque. Luego me dirigí al control de policía con idea de pasar a la zona de embarque y hacer tiempo leyendo los periódicos.

Me puse, pues, a la cola del control de policía y al llegar mi turno coloqué la bolsa de viaje en la cinta transportadora. Entonces, justo en el instante en el que entraba en la boca del túnel, me di cuenta del disparate que acababa de hacer. Quizá me preguntaran qué rayos era aquello cuya textura se parecía tanto a la de la pólvora, y yo tendría que responder, delante de todo el mundo, que las cenizas de mis padres. Estuve a punto de meter la mano para intentar recuperar la bolsa, pero me pareció que resultaría más sospechoso, de modo que pasé por debajo del arco de seguridad intentando mantener la compostura. Siempre había tenido la fantasía de que un día me detendrían en uno de esos controles, pues soy un culpable nato. De hecho, me parecía mentira que después de haber viajado tanto aún no me hubieran descubierto nada sospechoso en las aduanas. Pero todo llega: cuando mi maleta y yo alcanzamos el otro lado, el guardia que se encontraba frente al monitor me preguntó qué contenían aquellas raras bolsas y me pidió que se las mostrara. Blanco como la pared comencé a abrir el maletín de viaje mientras pronunciaba en voz baja la palabra cenizas.

—¿Cómo dice?

—Cenizas, las cenizas de mis padres —añadí sacando las bolsas de El Corte Inglés.

—Restos humanos —tradujo el guardia llamando la atención de un superior que se encontraba muy cerca de nosotros y de los otros viajeros, que empezaron a moverse despacio, a ver en qué terminaba aquello. Me dirigí al superior educadamente y le dije que

115

se trataba de las cenizas de mi padre y de mi madre, cuyo deseo era que se esparcieran en el Mediterráneo. El superior me miró con desconfianza y habló con alguien a través de una especie de móvil. En seguida apareció un guardia civil. Le repetí lo mismo, en voz baja, para no dar ninguna satisfacción a los curiosos. El guardia civil sospechaba de mí.

—¿Y dice que son los restos humanos de su padre y de su madre?

Me di cuenta de que utilizaban la expresión «restos humanos», en vez de cenizas, de un lado para asustarme y, de otro, para justificar el interrogatorio. Respondí que sí, que eran las cenizas de ambos, dándole el gusto de que en mi propia voz pareciera una excentricidad. Finalmente me dijo que esperara, pues tenía que consultar a un superior jerárquico. Yo estaba a punto de derrumbarme por la vergüenza y por el susto, no sé qué sentimiento dominaba sobre el otro. Me veía durmiendo en la comisaría. Mientras esperaba, atravesó el arco de seguridad un escritor al que detesto, pero con el que mantengo unas relaciones educadas. Me preguntó si tenía algún problema, por si necesitaba que me echara una mano, y le dije que no, que estaba a punto de arreglarse todo. Mientras se alejaba, lo vi hablar con uno de los curiosos, que sin duda le estaba contando que me habían sorprendido en el control con restos humanos.

Llegó un guardia civil con más galones, o con más estrellas, no recuerdo, y volví a explicarle la historia. Esta vez añadí que en realidad iba a dar una conferencia a la Universidad de Valencia, pero que como tenía pendiente la tarea de arrojar las cenizas al mar, había decidido llevarlas para matar dos pájaros de un tiro. Habría sido preferible que me saliera otra expresión, pero me salió la de matar dos pájaros de un tiro, que en presencia de aquellos restos humanos envueltos en bolsas de El Corte Inglés sonaba algo siniestra. Al guardia civil no le impresionó el hecho de que yo fuera conferenciante, de modo que ignoró esa parte de la información y me preguntó por los papeles.

—¿Qué papeles? —dije yo.

—Los de los restos humanos. En el cementerio le darían una documentación.

Reconocí que me habían dado una documentación, en efecto, pero que no se me había ocurrido que fuera necesaria.

—Pues lo es —dijo—. Me temo que vamos a tener que tomarle los datos y retener los restos humanos hasta que demuestre su procedencia.

Las cenizas de mis padres quedaron requisadas en la comisaría del aeropuerto, donde antes de dejarme ir comprobaron que no era un psicópata en busca y captura. Naturalmente, suspendí el viaje a Valencia y regresé a casa pálido. Dije que me había sentido mal en el aeropuerto y me metí en la cama, donde permanecí tres días con sus noches. Al tercero, me resucitó una llamada de la comisaría. Querían saber cuándo pensaba recoger aquellos «restos humanos», de modo que me puse a buscar los papeles de las cenizas y di milagrosamente con ellos entre las páginas de un cuaderno donde había tomado apuntes para un cuento, quizá una novela corta, que no llegué a escribir y que contaba la historia de un libro que había nacido sin palabras, un libro mudo. El asunto era grave si pensamos que se trataba de un manual de gramática. Los padres de este libro, una gramática macho y otra hembra, lógicamente, eran muy apreciados en el mundo académico, por lo que no podían aceptar haber tenido un hijo con todas las páginas en blanco. El cuerpo central del relato estaría compuesto por el deambular de los padres de la gramática muda por las consultas de los mejores médicos de la época, que no se ponían de acuerdo, pues para unos se trataba de un problema físico y, para otros, de orden psicológico. Unos proponían soluciones quirúrgicas de efectos inmediatos y otros tratamientos farmacológicos muy prolongados. Lo que pretendía con aquel proyecto era escribir una gramática alternativa, para niños (para mí), una gramática en la que se explicaran las nociones de sustantivo y adjetivo y verbo y adverbio de un modo distinto a como lo hacen las gramáticas convencionales. Pues bien, entre las páginas de aquel proyecto se encontraba, por alguna misteriosa razón, la documentación de los restos humanos de mis padres, que recogí ese mismo día y volví a guardar en el armario que hay detrás de la mesa en la que escribo estas líneas. Ahí continúan.

Aquel Miércoles de Ceniza me acordé mucho del Vitaminas, cuya muerte había devenido en una mutilación. Yo continué andando sin sangrar, sin dolor aparente, como una mosca o una araña a la que arrancas una pata. Pero cualquier mirada atenta habría percibido que me faltaba algo. Ese año, en el colegio, me colocaron en las últimas filas, al lado de una de las ventanas que daban al patio. Delante de mí había un crío que tenía una protuberancia extraña en la nuca. Creo que se llamaba Jesús. Un día me contó que le habían quitado un trozo de piel del muslo para colocárselo dentro del oído, sustituyendo a un tímpano dañado. Como llevábamos pantalones cortos, se subió un poco los bordes para mostrarme la zona de donde habían tomado la piel. Se apreciaba, en efecto, un rectángulo de carne más vulnerable de lo normal. Más rosada.

Durante las clases, yo miraba por la ventana y me perdía en ensoñaciones. Mientras el profesor hablaba, imaginaba historias a las que cada día añadía nuevos ingredientes, prestándoles una solicitud artesanal. Las trabajaba con el cuidado con el que un carpintero repasa los bordes de un mueble o un electricista modifica un circuito. Imaginar historias se convirtió en una enfermedad. No hacía otra cosa. Por lo general, disponía de tres o cuatro argumentos a los que daba vueltas alternativamente para completarlos o perfeccionarlos. Y yo vivía dentro de cada uno de esos argumentos que en ocasiones se trenzaban para dar lugar a una historia de mayores dimensiones. Parecía que estaba en clase, en casa, en la calle, pero siempre me encontraba en una dimensión distinta, puliendo una fábula con el empeño con el que la termita construye túneles en la madera. Me movía dentro de esos túneles con la agilidad con la que el topo recorre el laberinto de galerías excavadas debajo de la tierra, aunque sin dejar de prestar atención a lo que ocurría en la superficie, pues más de una vez me sacó violentamente de mis ensoñaciones un grito del profesor. La comparación con la termita y el topo es oportuna porque yo abría realmente en la superficie de la existencia agujeros por los que me colaba para vivir dentro. Vivía en un hormiguero con un solo habitante, yo, que era el protagonista de las historias en las que me refugiaba. Pero las galerías subterráneas se construyen también para escapar de algún sitio. Yo huía, a través de ellas, del barrio, de la familia, de aquella vida que, incluso sin haber conocido otras, no valía la pena.

Por supuesto, suspendía todas las asignaturas, incluida la gimnasia. No podía estudiar, no era capaz de atender en clase ni de organizarme en casa. Había en los libros de texto, o en mí, una suerte de opacidad que nos hacía incompatibles. Dicho en términos actuales, teníamos problemas de conectividad. Aunque pasaba mucho tiempo delante de ellos, a los cinco minutos de haberlos abierto ya me había fugado a través de una trampilla imaginaria por la que se accedía al sótano, donde excavaba nuevas galerías narrativas, nuevas extensiones argumentales por las que avanzaba a ciegas, como un animal sin ojos. Con frecuencia, al mismo tiempo de inventar historias, dibujaba rostros de manera mecánica en el margen de las páginas de los libros de texto. Rostros de perfil y rostros de frente, con barba o sin ella, con bigote o sin él. Siempre con los ojos abiertos y la boca entreabierta, con las cejas un poco fruncidas y con el pelo peinado hacia atrás. Siempre hombres. En cada página cabían quince o veinte rostros. Dibujé miles de ellos que se perdieron con los libros de texto, dónde estarán ahora. Soy muy mal dibujante, pero tengo un repertorio notable de rostros (todos procedentes de aquella época) que aún sería capaz de reproducir. No sé por qué hacía aquello. Nunca he logrado encontrarle una explicación.

En invierno, los días eran cortos. Cuando volvía a casa por las tardes ya era de noche. Desde el colegio a casa habría veinte minutos si regresaba por el borde del barrio, a través de los descampados, y unos quince si lo hacía por el interior, a través de una serie de calles cortas y torturadas, como los conductos de un sistema digestivo. De noche, el descampado daba miedo, de modo que elegía la segunda posibilidad. Con frecuencia, volvía solo, para continuar imaginando historias por el camino. A veces, sin darme cuenta, hablaba solo. Iba con una cartera de mano muy vieja, heredada de alguno de mis hermanos, y vestido con las ropas que se les quedaban pequeñas a los mayores. Era un niño de segunda mano prácticamente en todos los sentidos. Si cierro los ojos, puedo ver dentro de mi cabeza una calle iluminada por farolas de gas. La calle está dentro de mí, pero yo también estoy dentro de la calle y ambas cosas son posibles de forma simultánea. El cine ha reproducido muy bien la atmósfera moral de las farolas de gas, cuya luz, paradójicamente, es una gran generadora de tinieblas. Tu propia sombra, bajo aquellos fanales, se convertía en la sombra de Hyde, aunque entonces no sabíamos quién era Hyde. Es pleno invierno y llevo una camiseta de manga larga, una camisa, un jersey y una bufanda. Sobre todo ello, intentando contenerlo o someterlo a cierta unidad, me han puesto la chaqueta de uno de mis hermanos mayores, ligeramente arreglada para que se adapte a mi cuerpo. Se trata de una chaqueta de tres botones, ninguno igual a otro, pues se han ido sustituyendo a medida que se caían por el primero que se encontraba en el cesto de la costura. A lo mejor ha nevado y las aceras están llenas de nieve sucia. O ha llovido y el empedrado irregular de la calle brilla a la luz del gas.

Un día, volviendo del colegio, tropecé con una obra protegida por una valla de hierro. Los obreros, antes de irse, habían colgado un farol de carburo para avisar a los transeúntes del peligro. No había nadie más en ese instante en la calle, de modo que cogí una piedra y la arrojé contra la lámpara de carburo, que cayó al suelo rompiéndose con singular estrépito. En ese instante, se materializó frente a mí un señor que me preguntó por qué lo había hecho. Me quedé mirándolo sin responder. Durante unos instantes terribles el señor y yo nos miramos sin decirnos nada. Finalmente, él hizo un gesto de censura y desapareció.

¿Por qué hice aquello? Tal vez porque mis padres se pasaban la vida discutiendo. Tal vez porque era el último de la clase. Tal vez porque éramos pobres como ratas. Tal vez porque siempre cenábamos acelgas. Tal vez porque no tenía unos guantes con los que evitar los sabañones. Tal vez porque nunca, durante aquellos años, estrené una camisa, unos pantalones, una chaqueta, ni siquiera, creo, unos zapatos. Tal vez porque Dios no se me aparecía. Podría llenar una página de talveces. En la actualidad paseo todas las mañanas por un parque cercano a mi casa. A la entrada del parque hay una marquesina de autobús que los lunes, indefectiblemente, aparece rota a pedradas. La rompen durante el fin de semana los jóvenes que vuelven de divertirse. Es su último acto de afirmación antes meterse en la cama. ¿Por qué lo hacen? ¿Qué destrozan al destrozar la marquesina? ¿Qué rompía yo al romper el farol de carburo?

Cuando llegué a casa me temblaban las piernas, pues si el señor que me había sorprendido me hubiera llevado a la comisaría, habría acabado en la cárcel, que era, por otra parte, mi destino. Bauticé a aquel individuo como el señor Tálvez por razones obvias, acentuando la «a» porque la palabra sonaba mejor como llana que como aguda. Tálvez. Durante unos ejercicios espirituales, en aquella época, un cura nos dijo que Dios se manifestaba sobre todo en las cuestiones aparentemente pequeñas de la vida cotidiana. Nada más escuchar aquello sentí un escalofrío. Comprendí que el señor Tálvez era Dios. Lo fuera o no, su curiosa actuación cambió mi vida. Nunca volví a cometer un acto incívico, no ya por miedo a que se me apareciera, sino por temor a decepcionarle. Un buen educador (también un buen padre) debería ser capaz de llevar a cabo intervenciones de este tipo, tan indoloras, pero tan eficaces, tan oportunas y precisas. Tálvez no ha dejado de aparecerse nunca. Aún hoy, cuando estoy a punto de hacer algo que no debo, se manifiesta dentro de mi cabeza preguntándome por qué. Hace años empecé a escribir una novela en la que convertí a este individuo en una especie de superhéroe que se aparecía a los jóvenes en momentos decisivos de su vida, pero la dejé a medias, en parte porque me dio la impresión de que lo devaluaba al presentarlo de ese modo; en parte, supongo, porque me molestaba compartirlo. Tálvez llevaba un sombrero de ala, un abrigo gris, una camisa blanca y una corbata negra.

En casa, hasta que llegaba la hora de meterse en la cama, nos reuníamos todos en el salón, pues el resto de las habitaciones estaban tomadas por el frío, y abríamos los libros sobre una gran mesa para fingir que estudiábamos. Mi madre cosía con la radio puesta, pero nos prohibía, incongruentemente, escucharla. El salón estaba en el piso de arriba o en el de abajo, indistintamente, según la época, pues ya he dicho que las habitaciones cambiaban de función con alguna frecuencia, en busca de un ordenamiento de tipo práctico o moral con el que nunca dimos. Yo abandonaba a veces la estancia, como si fuera al cuarto de baño, y acudía a una de las habitaciones que daban al patio, a través de cuya ventana, desde la oscuridad, podía observar a mi padre en su taller, iluminado por una luz amarilla. Allí estaba, él solo, trabajando en sus circuitos eléctricos con la misma tenacidad que yo en mis historias. Habría dado cualquier cosa por que fuera comunista o agente de la Interpol. De la Interpol no podía ser porque parecía inverosímil que hubiera dos agentes en la misma calle. Y comunista tampoco, eso era evidente. Si mi padre llevaba una doble vida, lo hacía al modo en que la llevaba yo con mis historias. En todo caso, al observarle a través de la ventana, mientras escuchaba discutir a mi madre o a mis hermanos por encima de las voces de la radio, comprendía que yo no era uno de ellos.

Yo no era uno de ellos. Empecé entonces a aproximarme al padre del Vitaminas, que vivía en nuestro mundo sin pertenecer a él, como un infiltrado. El padre del Vitaminas se llamaba Mateo, sin duda un nombre de guerra para pasar inadvertido, pues resultaba demasiado vulgar para un espía. Cuando mi madre me mandaba a «Casa Mateo» a comprar esto o lo otro, yo me hacía el remolón en la tienda, dejando que se me colara todo el mundo, con la esperanza de que en algún momento nos quedáramos solos él y yo. Quería decirle que sabía de su pertenencia a la Interpol, pero que no se preocupara porque mis labios estaban sellados. Le pediría también que me permitiera colaborar con él, sustituyendo a su hijo en las labores de información. Tenía preparado un discurso muy económico, casi telegráfico, para que me diera tiempo a soltarlo antes de que entrara en la tienda una mujer o, lo que era peor, otro niño con un recado. Tuve tres o cuatro oportunidades, pero llegado el momento se me secaba la garganta, se me bloqueaban los músculos del pecho, me quedaba pálido, de modo que apenas lograba balbucear, frente a la extrañeza del tendero, el encargo de mi madre.

Preparé entonces una hoja en la que, imitando el lenguaje seco y preciso del Vitaminas, describía los movimientos de la gente del barrio. Fulano entra los martes y los viernes a las siete y media en el número setenta y cinco de la calle y sale con un paquete debajo del brazo. El Vitaminas me había enseñado que en este tipo de informes era muy importante no especular, no opinar, no interpretar. Eso quedaba para los expertos. Un buen agente de información sólo relataba actitudes objetivas, hechos. No me estaba permitido aventurar si en ese paquete había un bocadillo o una bomba. Ya lo averiguarían los expertos enviados al barrio para tal fin. En la segunda cara de la hoja anoté las matrículas de los coches que habían pasado por la calle durante el tiempo que había dedicado a la vigilancia. Esto fue una iniciativa mía, pues al Vitaminas no se le había ocurrido o su padre no se lo había pedido. Hice varios borradores en hojas cuadriculadas, que arranqué del cuaderno de matemáticas, y pasé la versión definitiva a limpio sobre una cuartilla que tomé del despacho de mi padre. Jamás había presentado en el colegio un trabajo tan pulcro, tan ordenado, con una letra tan precisa. Doblé la cuartilla varias veces y la guardé en el bolsillo del pantalón, a la espera de una oportunidad.

En aquella época se producían apagones con frecuencia. En casi todas las habitaciones de las casas había una vela, erguida sobre su propia materia en un plato de postre o en el interior de una taza de café.

En la tienda de Mateo había varias, estratégicamente situadas para alumbrar el establecimiento cuando se iba la luz. Eran, al contrario de las de las casas particulares, anchas y altas, como las de las iglesias. Había una en cada extremo del mostrador y cuatro o cinco distribuidas por las estanterías del negocio. Un día me encontraba en la tienda cuando se fue la luz. Además de Mateo y yo mismo, sólo había dentro del establecimiento una señora. El apagón sucedió mientras atendía a la señora. Tras unos segundos de espera (a veces el apagón duraba lo que un parpadeo), escuché un arañazo y apareció un fósforo encendido entre los dedos del agente de la Interpol, que prendió con él las velas de los dos extremos del mostrador antes de continuar atendiendo a la señora, mientras hacía algún comentario sobre la frecuencia de aquellos apagones. La tienda se convirtió en un depósito de sombras en las que las llamas de las velas apenas abrían un par de grietas luminosas. A la luz de aquellas grietas, observé el rostro del tendero y calibré la habilidad con la que, en efecto, tenía recortado el lado derecho del bigote de manera que pareciera que sonreía permanentemente. Era sin duda el rostro de un seductor que contrastaba con el guardapolvo de color gris que constituía su disfraz de tendero. Sentí por él, en aquellos instantes, una admiración sin límites.

Cuando terminó de despachar a la señora y nos quedamos solos, le pedí un cuarto de galletas hojaldradas, tal como me había encargado mi madre. Mientras las preparaba, saqué del bolsillo mi informe y se lo pasé con un ataque de pánico, confiando en que la oscuridad reinante le impidiera apreciar los efectos calamitosos que el miedo y la vergüenza estaban provocando en todo mi organismo. Mateo debió de creer que se trataba de una lista de artículos preparada por mi madre, lo que no era infrecuente, de modo que desplegó el papel, se acercó a la luz de una de las velas, donde su rostro y su calva adquirieron un brillo diabólico, y comenzó a leer en voz baja. Al tiempo que leía iba digiriendo o tratando de digerir la sorpresa, porque tardó mucho en ver toda la hoja (para mí, una eternidad), como si intentara dilatar la respuesta a aquella acción que comprometía su trabajo de espía. Finalmente, sin mirarme, volvió a doblar la hoja en varias partes, como yo se la había entregado, abrió el cajón de la enorme caja registradora y la guardó en lo que a mí me pareció un compartimiento secreto.

—¿Algo más? —me preguntó con una seriedad terrible desde las profundidades de las sombras.

—No —respondí a punto de llorar o de ponerme de rodillas. Pensé que no tenía derecho a participar de aquel secreto, por lo que quizá la Interpol se viera en la obligación de quitarme de en medio.

—Está bien —dijo.

Yo me di la vuelta, pero cuando estaba a punto de salir me llamó.

—No me has pagado las galletas.

Saqué torpemente las monedas que me había dado mi madre y se las entregué. Cuando emprendía la huida, volvió a detenerme.

—Espera —dijo.

Entonces sacó diez céntimos de la caja y tomó de detrás del mostrador una golosina envuelta en papel de celofán.

—Ahora puedes irte —añadió—. Y gracias por la información.

Yo gané la calle en un estado deplorable del que me recuperé en cuestión de segundos gracias a un ataque de euforia como no he vuelto a sentir, creo, jamás. Ni cuando publiqué mi primer libro, ni cuando obtuve mi primer premio literario, ni cuando me contrataron la primera traducción de una de mis novelas... Nunca he vuelto a gozar de un escape de adrenalina (o lo que fuera aquella sustancia estupefaciente) que se liberó dentro de mí. El apagón no había afectado a las farolas, que eran de gas, pero el hecho de que las ventanas de las casas permanecieran oscuras, mudas, o con el leve resplandor de las velas al otro lado de los cristales, otorgaba a la calle un tono hiperreal, muy semejante al que tenía vista desde el sótano de Mateo. En medio de aquella atmósfera invernal (cómo me gustaría, años después, aquella película, *El espía que surgió del frío*, basada en una novela no menos notable de Le Carré), avanzaba yo convertido al fin en un agente de la Interpol.

Al llegar a casa, tras dejar las galletas en la cocina, tomé el cabo de una vela, lo prendí, y me encerré en el cuarto de baño para cerciorarme de que los diez céntimos que me había dado Mateo eran de verdad diez céntimos. Y lo eran. Se podía vivir de espiar, te pagaban por ello. ¿Qué más daban entonces las malas notas, los suspensos? Nunca más volvería a preguntarme qué iba a ser de mí porque ya lo estaba siendo: era un espía de la Interpol que se encontraba, en calidad de infiltrado, en un mundo al que no pertenecía.

En cuanto a la golosina, se trataba de un «pan de higo», un dulce de forma rectangular con una porción de la pulpa de esta fruta entre dos galletas muy delgadas. Costaban dos reales (cincuenta céntimos), pero a veces llevaban dentro, de regalo, una moneda que tenía un agujero en el centro y cuyo valor equivalía al precio de la golosina. Creo que aquellas monedas adquirieron tras su desaparición cierto valor numismático. Pues bien, nada más desenvolver el pan de higo y morderlo, mis dientes tropezaron con una dureza que era, en efecto, el premio de dos reales protegido por un papel de celofán. Di por supuesto que Mateo me había dado aquella golosina sabiendo que tenía premio. Cuando sucedió lo de la peseta de mamá, en la playa, no advertí que había sido ella. Ahora, en cambio, atribuía lo que sin duda no pasaba de ser una casualidad a la intencionalidad del espía. Todo al revés.

En esto, vino la luz, pero no desapareció con ella el encantamiento. Salí del cuarto de baño y me incorporé a la vida familiar fingiendo ser uno de ellos, aunque mi madre, que era adivina, me preguntó si me pasaba algo.

A partir de aquel día, y con una periodicidad semanal, entregué a Mateo un informe minuciosamente elaborado que él escondía en el compartimiento secreto de la caja registradora y a cambio del que me entregaba diez céntimos. Nunca más volvió a darme un pan de higos, lo que de un lado me decepcionó y de otro me gustó. No se podía ser al mismo tiempo un agente de la Interpol y un crío que suspirara por aquellas golosinas. Nuestra relación como espías se limitaba a este intercambio de informes y dinero. Jamás cruzamos una palabra sobre nuestra actividad clandestina. Las paredes oyen, decía un refrán muy utilizado en aquella época por nuestros padres. Y las paredes oían, en efecto, pues de acuerdo con mi colección de cromos sobre el FBI y la Interpol, el mundo (ya entonces) estaba sembrado de micrófonos ocultos.

Pero Mateo tenía otra cosa que me interesaba: su hija María José, aquella especie de fantasma que atravesaba la calle sin que nadie reparara en su presencia. Era tal su levedad, su ligereza, quizá su insignificancia, que fantaseé a menudo con la idea de que se tratara de un fantasma al que sólo a mí, por alguna misteriosa razón, me estaba permitido distinguir. A diferencia de Luz, la belleza oficial, pero vacía, de la calle, María José daba la impresión de estar habitada por alguien (y por alguien que sabía cosas de mí).

Pero si a María José no la veía nadie, tampoco ella nos veía a nosotros. Pasaba a nuestro lado y sólo yo volvía la vista disimuladamente para aprenderme su rostro como el que se aprende una canción. Tenía unos ojos un poco saltones en los que, si querías (o si lo necesitabas, como seguramente era mi caso), po-

131

días advertir un movimiento de asombro, quizá de pánico. Sobre ellos, había unas cejas muy anchas y muy negras que oscurecían esa zona de la cara provocando la impresión de que observaba la vida desde un callejón lóbrego. Sus labios, finos y un poco torturados (especialmente el superior), sugerían la existencia de un malestar permanente, pero aceptado con una forma de sumisión perturbadora. Y llevaba una cola de caballo (muy común entre las chicas de la época) que en vez de arrancar de la nuca, como la de Luz, salía absurdamente de la coronilla, como un manantial, desembocando casi al nivel de la cintura. Todos estos accidentes físicos se daban en el territorio de una línea, pues su delgadez era tal que parecía haber sido hecha sin levantar el lápiz del papel. Resultaba sorprendente que aquella raya llamada María José pudiera soportar el peso de un uniforme colegial tan abundante como espeso.

Aquella primavera, cuando cambió el uniforme de invierno por el de verano, advertí en su cuerpo una trasformación portentosa: tenía pechos. Quizá resulte exagerado llamar pechos a aquellas dos provocaciones que aparecieron debajo de su blusa, pero en un cuerpo tan lineal parecían, si no una calamidad natural, un acontecimiento extraño. Nadie reparó tampoco en la aparición de sus pechos, excepto yo, que comencé a desfallecer por ellos. Resultaba del todo incomprensible que siendo míos (de quién si no) aparecieran en un cuerpo distinto, ajeno, impracticable. De hecho, me costó más contactar con ella que con su padre, en cuyas manos reposaba la seguridad del universo.

132

En clase, mientras el profesor decía no sé qué cosas junto al encerado, imaginaba que María José y yo nos casábamos, convirtiéndome de este modo en el hijo de Mateo (en aquella época, los yernos llamaban padre o papá a sus suegros, lo que los convertía, en cierto modo, en hermanos de sus mujeres: el incesto siempre al acecho). En mis sueños, me acogían entre ellos y con el tiempo me ocupaba de la tienda de ultramarinos (de la tapadera). Durante el verano fingíamos que nos íbamos a la casa del pueblo, pero viajábamos en realidad a Estados Unidos para hacer cursos de espionaje. María José y yo tendríamos varios pasaportes de diferentes nacionalidades y utilizaríamos unos u otros en función de cómo estuvieran las cosas o adónde nos dirigiéramos, pues no sería raro que con el tiempo me encargaran la realización de algún trabajo al otro lado del Telón de Acero.

Conocía perfectamente sus horarios, sus hábitos, sus rutinas, de modo que un día, haciéndome el encontradizo, la abordé cuando salía del colegio. Puesto que los dos nos dirigíamos a casa, fingí que me parecía normal acompañarla, así que me coloqué a su lado intentando ajustar mis pasos a su ritmo y empecé a hablar de cualquier cosa. Como ella, más que andar, se deslizaba, mi trote, a su lado, resultaba algo grotesco. Yo era consciente de esto, también de que mis zapatos estaban torcidos, que mis calcetines no se sostenían sobre las piernas, que mis pantalones cortos eran demasiado largos (un gracioso de mi clase decía que resultaba imposible saber si eran largos que me estaban cortos o cortos que me estaban largos), que mi camisa era un desastre. De todos modos, balbuceé, creo, alguna frase inconexa a la que ella no respondió. En un par de ocasiones, dada nuestra proximidad (la acera era muy estrecha), el envés de mi mano derecha rozó el de su mano izquierda, de la que sostenía la cartera, provocando en mis extremidades una serie de desórdenes motores que intenté ocultar con palabras atropelladas sobre esto o aquello. Poco antes de alcanzar nuestra calle, María José se detuvo y sacó de la cartera un lápiz y un pedazo de papel en el que escribió con la mano izquierda (¡con la mano izquierda!): «No puedo hablar, estoy de ejercicios espirituales.»

Se trataba de una salida completamente inesperada para mí, por lo que me limité a asentir firmemente con la cabeza, dando a entender que me hacía cargo de la gravedad de la situación y que solicitaba sus disculpas, no había estado en mi ánimo interrumpir su recogimiento espiritual. Por otra parte, María José daba siempre la impresión de estar de ejercicios espirituales, lo que convenía mucho a sus formas físicas, incluso a su fondo inmaterial. La acompañé, pues, sin pronunciar una sola palabra, hasta la tienda, donde hice con las cejas un gesto de despedida.

Dios aparecía cuando menos lo esperabas, ya fuera en forma de hombre que te preguntaba por qué rompías un farol, ya en forma de chica realizando ejercicios espirituales. Desde que era agente de la Interpol me había olvidado de Él, como si la religión ya no formara parte de mi proyecto existencial. Eso no quiere decir que hubiera dejado la confesión, la comunión o la misa (habría sido imposible: eran obligatorias), sino que las practicaba también como tapadera de mi actividad clandestina. En alguna ocasión, por cierto, estuve tentado de incluir en mis informes semanales los movimientos llevados a cabo por los curas del colegio, pero el instinto me señalaba acertadamente que no debía hacerlo. Llegué a escribir un par de borradores sobre el prefecto de disciplina, al que le gustaba pegar a los niños; no hacía otra cosa a lo largo de la jornada. Pegaba en horario de jornada partida, de nueve a catorce y de quince treinta a diecinueve. Por fortuna, el colegio era muy grande y, de no ser que le atrajeras mucho, podías pasar sin que te pegara quince o veinte días. Yo no era uno de sus preferidos, por lo que apenas abusaba de mí.

Me había olvidado de Dios, decía, pero Él había regresado a mí utilizando a María José como vehículo. El misticismo de aquella chica fantasmal me señaló una dirección hacia la que dirigir (o con la que sublimar) los primeros ataques de la testosterona. Creo que comprendí oscuramente la relación entre las expresiones de dolor de las estatuas de la Virgen y aquellos desórdenes biológicos que ponían todo patas arriba. María José pertenecía a ese mundo de vírgenes dolorosas en el que todo estaba patas arriba y controlado al mismo tiempo.

No puedo hablar, estoy de ejercicios espirituales.

Guardé la nota entre las páginas del álbum de cromos sobre el FBI y la Interpol. Y cada vez que volvía a ella para saborear cada letra, cada palabra, evocaba el gesto de María José al escribirla. El hecho de que fuera zurda me pareció una señal. Significaba que también ella se encontraba en un mundo al que no pertenecía. Durante las siguientes semanas intenté actuar a ratos, por identificación, como un zurdo, descubriendo de este modo mi lado izquierdo. Quedé admirado de la poca atención que le prestamos. En casa, la única persona que advirtió que cogía la cuchara con la mano izquierda fue mi madre, que, sin decirme nada, me observaba con preocupación, quizá con curiosidad. Durante estos días remotos de mi infancia se fraguó, sin que yo lo supiera entonces, el argumento de *Dos mujeres en Praga*, una novela que publiqué en 2002 y que constituyó mi último homenaje a María José. En ella hay un personaje homónimo que pretende, siendo diestro, escribir una novela con la mano izquierda. Lo que persigue, en realidad, es escribir un relato zurdo, de izquierdas. A veces nos preguntan cómo surge el argumento de una novela y tenemos que callar o mentir porque la justificación real es demasiado inverosímil. ¿Cómo explicar que el de *Dos mujeres en Praga* comenzó a nacer entonces, cuando ni siquiera sabía que iba a ser novelista? Curiosamente, nadie me preguntó por qué aquel personaje se llamaba María José, cuando resulta evidente que no es un nombre de personaje de novela. A veces, en las novelas se filtran fragmentos de realidad que dejan manchas de humedad, como una gotera en la pared de una habitación.

Al día siguiente volví a hacerme el encontradizo con María José y le pasé una nota en la que le preguntaba cuándo terminaría los ejercicios espirituales.

Ella dejó la cartera en el suelo, entre las piernas, y sacó del bolsillo de la falda una pluma estilográfica con la que escribió «Mañana» en la palma de su mano derecha. Hice un gesto de asentimiento y la acompañé de nuevo hasta su casa en silencio absoluto, maravillado en esta ocasión por la pluma estilográfica. Podría contar con los dedos de una mano los compañeros que tenían pluma estilográfica. Mateo no sólo era espía, era rico también. Si algo faltaba para que me enamorara perdidamente de aquella chica, aquí estaba este dato económico que añadía un ingrediente de lucha de clases a una historia de amor.

María José terminó los ejercicios espirituales el viernes. Durante el fin de semana siguiente aceché la tienda de ultramarinos y sus alrededores, pero no salió o yo no la vi salir. Tenía, de la época en la que me relacionaba con su hermano, la experiencia de que podía disgregarse como una columna de humo ante tus propios ojos. Pero en esta ocasión ni siquiera llegó a manifestarse. Tuve, pues, que esperar al lunes, y hacerme una vez más el encontradizo.

—¿Eres zurda? —le pregunté nada más abordarla, pues no se me ocurrió de qué otra cosa hablar.

—Sí —dijo deslizándose un poco más de prisa de lo normal, lo que me obligó a acelerar el paso.

Luego, mirando a un lado y a otro, como si estuviéramos vigilados, me explicó que al principio, en el colegio, habían intentado obligarla a escribir con la derecha, pero que su padre, tras consultar a un médico, fue al colegio y organizó un escándalo para que la dejaran trabajar con la izquierda. Eso era un padre, pensé yo suspirando por convertirme en su hijo. Le confesé que llevaba varios días intentando hacer las cosas con la izquierda (vivía con el lado izquierdo en realidad), pero que resultaba muy difícil.

—Tiene mucho mérito —añadí— hacerlo todo con ese lado del cuerpo.

—Si eres zurdo —respondió ella con una lógica aplastante—, no.

—Aun así —insistí yo.

Ella reconoció entonces parte de su mérito explicándome que el mundo estaba pensado «por un diestro y para un diestro». Me señaló, por ejemplo, que las tijeras no se podían utilizar con la mano izquierda, porque no cortaban, que los interruptores de la luz estaban situados en lugares donde la mano derecha llegaba antes que la izquierda, lo mismo que los pomos de las puertas, los utensilios de cocina y la cadena del retrete (alusión que no me gustó). Me lo explicó de tal modo que comprendí que vivía realmente en otro mundo, en otra dimensión a la que yo quería pertenecer también, a la que quizá pertenecía sin saberlo, pues me pregunté entonces si no sería un zurdo al que habían obligado desde la cuna a hacer las cosas con la mano derecha, de tal modo que había olvidado su verdadera condición. Si no pertenecía al mundo en el que me encontraba, y eso era evidente, tenía que pertenecer a otro, y ese otro podía ser el de los zurdos.

—¿A ti qué es lo que más te cuesta hacer con la mano izquierda? —me preguntó ella de súbito.

—Abrocharme los botones de la camisa —dije, aunque estaba pensando en los de la bragueta, por lo que me puse colorado

Ella asintió como si hubiera dado la respuesta correcta, lo que me llenó de seguridad. Nunca en mi vida me he sentido tan seguro de mí como en aquel instante. Los botones de mi camisa me hicieron pensar en los de su blusa y me la imaginé abrochándoselos, lo que hizo que mis pies tropezaran y diera un traspiés.

El trato con María José provocaba una acumulación continuada de excitación sin descarga, de ardor sin bálsamo, de exaltación sin caída. Me acostumbré a encontrarme con ella por las tardes, pues salía del colegio media hora después que yo. Supe, desde la tercera tarde, que estaba haciendo las cosas mal, pues si bien ella se dejaba querer (es un modo de decir que no me rechazaba abiertamente), tampoco aportaba nada a la relación. Un sexto sentido me decía que debía espaciar mis encuentros, disimular mi pasión, añadir a mi trato con ella una porción de indiferencia. Pero un instinto de destrucción más poderoso que el sexto sentido me empujaba a perseverar en el error. Lo cultivé con tanta minuciosidad que la historia apenas duró un par de semanas (en realidad duraría toda la vida, pero de mala manera, como veremos).

Un día, mientras caminábamos hacia nuestra calle, intenté tocar su mano derecha. Tomé la decisión de empezar por la derecha pensando que al ser zurda se trataba de una mano periférica, menos sensible o importante que la izquierda. Se opuso, como era lógico, asegurándome que lo que yo intentaba hacer con ella era pecado mortal. Añadió, para desconcierto mío, que desde los últimos ejercicios espirituales había aprendido a vivir como si fuera a morir al minuto siguiente. Se trataba de una recomendación hecha por el cura que los había impartido. Si te acostumbrabas a vivir como si fueras a morir al minuto siguiente, cambiaban todas tus preferencias (ahora habríamos dicho prioridades).

—Si me dejara tocar —añadió— y me muriera al minuto siguiente, iría al infierno por toda la eternidad.

Volví a casa perplejo, tratando de imaginar qué haría yo en aquel instante si fuera a morir al minuto siguiente. Desde luego, lo último que se me ocurriría sería masturbarme, que era lo primero que se me venía a la cabeza cuando no me iba a morir al minuto siguiente. Era cierto, pues, que las prioridades cambiaban. Y no sólo cambiaban, sino que se invertían. Cuando entré en casa, escuché a mi madre dando gritos a alguno de mis hermanos. Si supiera, pensé, que se iba a morir al minuto siguiente, lo abrazaría en vez de reñirle. Conté hasta sesenta, pero no se murió nadie. Por mi parte, viví varios días fingiendo ser zurdo y fingiendo que me iba a morir al minuto siguiente, de modo que acabé agotado física y psíquicamente.

Uno de aquellos días, al acudir al encuentro con María José, me preguntó por qué la perseguía. Le aseguré que se trataba de lo que haría si fuera a morir al minuto siguiente. Continuamos caminando en silencio hasta que ella se volvió y dijo con crueldad:

—Tú no eres interesante para mí.

Yo continué caminando a su lado, pero al modo en que un pollo sin cabeza continúa volando, o sea, muerto. Aquella frase me había roto literalmente el corazón. Un cuchillo oxidado no habría tenido efectos más devastadores. Continué andando, pues, por pura inercia hasta su casa y luego seguí hasta la mía sabiendo que ya no era necesario imaginar que iba a morir al minuto siguiente porque ya estaba muerto. Entré muerto en casa y logré alcanzar, muerto, el cuarto de baño para ocultar la trágica situación a la familia. Al mirarme en el espejo reconocí en mi rostro todos los atributos de un cadáver. Tenía la nariz afilada y el rostro pálido como la cera. Sabía que la nariz afilada era un síntoma cadavérico porque se lo había escuchado a mi madre a propósito de una foto del cadáver de Pío XII en el periódico. Ella dijo «nariz afilada» y «rostro cerúleo». Así estaba yo delante del espejo, con la nariz afilada y el rostro cerúleo. No era que la vida hubiera perdido sentido, es que ya no había vida.

Estar muerto era en mi situación un consuelo, pues cómo soportar vivo, no ya aquel rechazo, sino aquella humillación. Tú no eres interesante para mí. En una de las miles de veces que repetí la frase, reconstruyendo la situación para ver si le encontraba una salida, pensé que entre el «tú no eres interesante» y el «para mí» había habido una pequeña pausa, una cesura, que dejaba una vía de escape. Quizá había dicho: «Tú no eres interesante, para mí.» La coma entre el «interesante» y el «para» venía a significar que podía ser interesante para otros, incluso para el mundo en general. Era la primera vez que le encontraba utilidad práctica a un signo ortográfico, la primera vez que le encontraba sentido a la gramática. Quizá al colocar aquella coma perpetré un acto fundacional, quizá me hice escritor en ese instante. Tal vez descubrimos la literatura en el mismo acto de fallecer.

Y bien, ¿podía salir del cuarto de baño e incorporarme a la vida familiar confesando que me había muerto (de amor)? Era evidente que no, de modo que tenía que fingir que continuaba vivo, ya veríamos durante cuánto tiempo. Si llevaba meses ocultando mi condición de espía, ¿por qué no ocultar ahora mi condición de finado? Por unas cosas o por otras, nunca pertenecía al mundo en el que me hallaba, ahora porque ellos estaban vivos y yo no. Me lavé la cara, abrí la puerta y me mezclé con la familia fingiendo que era uno de ellos. Años más tarde aproveché este suceso para construir una de las líneas argumentales de mi novela *Tonto, muerto, bastardo e invisible*, donde relataba la historia de un individuo que fallece de pequeño en el patio del colegio, aunque, por no dar un disgusto a sus padres, finge que continúa vivo. Yo también fingí que continuaba vivo. Y hasta hoy.

Una vez rotas mis relaciones con María José, perdí el gusto por los informes para la Interpol, de manera que fui espaciándolos hasta suprimirlos sin que Mateo mostrara algún tipo de extrañeza. Me dio la impresión de que se había dejado querer, como su hija. Pero al poco, cuando comprendí que seguramente todo aquello no había sido más que un juego en el que el tendero me había seguido la corriente en memoria de su hijo, me morí por segunda vez (ahora de vergüenza), al pensar que podía haberlo comentado en su casa, delante de María José. Por supuesto, dejé de hacerle a mi madre recados que exigieran ir a Casa Mateo. Ella lo entendió porque ya he dicho que lo sabía todo.

Pese a todo, mi relación con María José se prolongaría de un modo absurdo a través del tiempo, atravesando (¿debería decir ensartando?) distintas épocas de mi vida. En el barrio nos volvimos a ver en contadas ocasiones, pues ella continuó llevando una existencia fantasmal y yo empecé a dar rodeos para no pasar cerca de la tienda de su padre. Nos encontramos de nuevo en 1968, al desplomarme yo sobre su espalda en el autobús que iba desde Moncloa a la Facultad de Filosofía y Letras, como consecuencia de un frenazo que me cogió distraído mientras leía *La náusea*, de Sartre (qué, si no). Ella se volvió con expresión de fastidio y nos reconocimos.

—Hola —articulé.

—Hola —dijo ella alternando el primer gesto de irritación con otro de sorpresa—. ¿Adónde vas?

—A Filosofía.

—¿Desde cuándo?

—Desde este año, estoy en primero.

—Ah —añadió—, yo estoy en quinto.

Y eso fue todo porque en ese momento la reclamó alguien más interesante (para ella).

143

Yo estudiaba en el nocturno porque trabajaba por las mañanas en la Caja Postal de Ahorros, pero acudía a primera hora de la tarde a la facultad para coincidir con los grupos diurnos y hacerme la ilusión de que era un verdadero universitario, un hijo de papá. De hecho, establecí más relaciones e hice más amistades con la gente de los diurnos (mis enemigos de clase) que con la del nocturno (personas trabajadoras, como yo). Durante aquel curso vi muchas veces, por lo general de lejos, a María José. Era una dirigente estudiantil con prestigio entre los círculos más politizados de la universidad. A veces coincidíamos en la biblioteca o en el comedor del SEU, adonde yo iba con frecuencia tras salir de la oficina, pero ella siempre miraba hacia otro lado. Si no tenía más remedio, intercambiaba conmigo cuatro o cinco palabras, acertando a hacerme daño con una o dos.

La última vez que la vi durante aquel curso fue en el célebre recital de Raimon, en la Facultad de Económicas. Ella estaba en la primera fila, junto a otros líderes estudiantiles. Yo me encontraba cerca de la salida porque había padecido ya algún leve episodio de claustrofobia y en la sala no cabía un alfiler. La descubrí en seguida, hablando con el cantautor y con personas de su círculo antes de que comenzara el acto, en cuya organización daba la impresión de tener alguna responsabilidad. No la perdí de vista un solo instante. Llevaba una falda escocesa, de cuadros rojos y verdes, cerrada a la altura del muslo con un gran alfiler dorado, y una blusa blanca con el escote en pico, muy parecida, sorprendentemente, a la del uniforme del colegio. Se sabía las letras de todas las canciones, que seguía con el movimiento de los labios. Continuaba siendo muy delgada, pero la línea de su cuerpo se había ensanchado de un modo algo brutal en la cadera. En cuanto al rostro, no había perdido la expresión de perplejidad de la infancia. Continuaba trasmitiendo la impresión de estar habitada por alguien con quien quizá no había llegado a un acuerdo.

Tras el recital salimos en manifestación hacia Moncloa por el centro de la Avenida Complutense. Apenas habíamos recorrido quinientos metros, cuando apareció delante de nosotros un grupo de policías a caballo. Los manifestantes más osados se acercaron a los animales arrojando bolas de acero entre sus cascos. No se cayó ningún caballo, como aseguraba la teoría, pero algunos de los manifestantes rodaron peligrosamente entre las patas de los animales. La carga, brutal, rompió el cuerpo de la manifestación, que se dividió en varios grupos que corrieron, ciegos, en todas las direcciones.

Yo huí hacia el lateral de la derecha, encontrando refugio entre los arbustos que crecían en un terraplén desde el que podía divisar a cubierto lo que sucedía en el centro de la avenida. Estaba paralizado por la posibilidad de que me detuvieran, porque eso significaría la expulsión inmediata de la Caja Postal de Ahorros, de cuyo sueldo dependía absolutamente. Mientras jadeaba oculto entre las ramas de un arbusto, escuché voces y sirenas y asistí a la llegada de las «lecheras» de la policía. Intentando controlar el pánico, continué avanzando de arbusto en arbusto por aquel terraplén desde el que a la altura de la Facultad de Medicina, donde me detuve a tomar aire, vi a María José arrastrada en medio de la avenida por un gris que la metió a golpes en un furgón, junto a otros detenidos. Permanecí unos segundos allí y volví a verla en seguida al otro lado de una de las ventanillas. Su expresión no era de miedo, sino de cálculo, como si estuviera evaluando la situación.

En esto, pasó junto a mí un grupo de cuatro o cinco manifestantes con los que cambié impresiones. Me dijeron que ni se me ocurriera ir hacia Moncloa, que a esas horas se habría convertido en una ratonera, así que alcancé con ellos la carretera de La Coruña, donde tras separarnos me puse a correr absurdamente, yo solo, hacia Puerta de Hierro. Corrí hasta que se dejó de escuchar el ruido de las sirenas y aún luego continué andando desorganizadamente por el borde de la carretera hasta la altura del hipódromo, donde permanecí sentado en una piedra sabiendo que en ese instante era el hombre más solo del universo. Cada poco, venían a mi cabeza las imágenes de María José siendo arrastrada de los pelos hasta el furgón de la policía. ¿Acaso podía yo haber hecho algo?

Más tarde encontré el modo de regresar a Madrid por Reina Victoria, atravesando la zona de los colegios mayores, que permanecía en calma. Cuando de madrugada llegué al barrio, observé que salía una luz del ventanuco que daba al sótano de la tienda de Mateo, el lugar desde el que en otro tiempo había visto la Calle. Me agaché sobre la acera, para asomarme discretamente, y vi al padre de María José con expresión de pánico, rodeado por tres o cuatro individuos con aspecto inequívoco de policías. Habían puesto la bodega patas arriba y la estaban registrando palmo a palmo. Al día siguiente nos enteramos de que María José pertenecía al Partido Comunista y que escondía en aquel sótano, camuflada entre el género de la tienda de su padre, abundante propaganda subversiva. Resultaba irónico que Mateo buscara el comunismo fuera de casa teniéndolo dentro.

Tendrían que pasar otros doce o trece años para encontrarme (o desencontrarme) una vez más con María José. Fue en el 79, quizá en el 80. Para entonces, yo había publicado dos novelas, *Cerbero son las sombras* y *Visión del ahogado*. Gracias a las críticas obtenidas por esta última, me invitaban a dar charlas de vez en cuando en instituciones culturales, actividad que compatibilizaba sin problemas con mi trabajo en Iberia, de donde no me despedirían hasta el 93. En este caso la invitación procedía de la Universidad de Columbia, en Nueva York, donde daba clases Gonzalo Sobejano, un reputado hispanista que había tenido la generosidad de dedicar un extenso trabajo a estos dos libros.

Se trataba de la primera vez que recibía una invitación de una universidad y la primera que viajaba a Nueva York, por lo que llegué a la ciudad de los rascacielos en un estado de excitación y de pánico comprensibles. Cuando me senté a la mesa desde la que tenía que impartir la charla (yo la llamaba charla

147

para relajarme y los organizadores, para atribularme, conferencia), vi delante de mí un público de profesores y alumnos de español que me observaba con curiosidad. Me presentó un docente con barba leninista que contó de arriba abajo el argumento de *Cerbero son las sombras*. Minutos más tarde, cuando empezaba a destripar el de *Visión del ahogado*, distinguí a María José entre el público. Ocupaba un lugar situado hacia la mitad de la sala, al lado del pasillo. Naturalmente, me morí de la impresión, pero hice como que continuaba vivo para no dar el espectáculo (tenía experiencia en las dos cosas: en que ella me matara y en disimular que estaba muerto).

Había imaginado tantas veces que María José asistía a una de mis intervenciones públicas que creí encontrarme dentro de una de aquellas fantasías que elaboraba y modificaba de forma minuciosa durante días y semanas enteros, a veces con sus noches. Continuaba, de adulto, imaginando historias con el mismo tesón que de niño. Y las que imaginaba ahora no eran menos delirantes que las de entonces. Y bien, el caso es que me encontraba a punto de impartir una conferencia en una universidad de Nueva York (un sueño) y que entre el público se encontraba María José (una quimera). Volví a mirar a la mujer situada hacia la mitad de la sala, junto al pasillo, y comprendí entonces que se parecía a María José, pero que no era ella. Para ser exactos, unas veces era ella y otras no. Ahora, me decía, la miraré de nuevo y no será ella. Pero sí lo era. Ahora dejará de serlo. Y a lo mejor dejaba de serlo, pero sólo durante unos instantes. Si fuera ella, pensaba, buscaría mis ojos como yo buscaba los suyos. Sin embargo, estaba atenta a lo que decía mi presentador, al que yo, por cierto, había dejado de escuchar hacía rato. Al fin, para atenuar la impresión, decidí que se trataba de una alucinación discontinua.

Aunque me había comprometido absurdamente a hablar de la relación entre mis dos novelas publicadas y la agonía del franquismo (tema muy de la época), al abrir la boca me salieron las primeras palabras de una charla que había pronunciado mil veces de forma imaginaria en el interior de esa fantasía en la que María José asistía a una de mis intervenciones públicas. Diserté, en fin, sobre la importancia de lo irreal en la construcción de lo real, ilustrando mi exposición con un relato según el cual en mi barrio, cuando yo era pequeño, había un ferretero cuyo hijo iba a mi colegio. Como éramos amigos, un día me confesó en secreto, y tras hacerme jurar que no se lo contaría a nadie, que su padre era en realidad un agente de la Interpol. La ferretería constituía, pues, una tapadera bajo la que llevaba a cabo su verdadera actividad. Que en un barrio del extrarradio de Madrid, en aquellos años de plomo, hubiera un agente de la Interpol, nos redimía del sarampión y de las ratas y de los piojos y de la sífilis y del hambre y de la poliomielitis... Naturalmente, a partir de aquel instante empecé a dirigirme al padre de mi amigo con un respeto y una admiración sin límites.

Pasaron los años, continué mi relato dirigiéndome a la mujer que se parecía a María José y que me observaba con el mismo punto de indiferencia con el que había escuchado a mi presentador, y nos hicimos mayores sin que yo hubiera echado en cara nunca a mi amigo aquella mentira infantil.

—Pero hace poco —añadí— volvimos a encontrarnos y le invité a comer para recordar viejos tiempos. En realidad quería preguntarle cuál de aquellos dos padres —el imaginario o el real— había sido más importante en su formación. Me dijo que el irreal, sin duda alguna, es decir, el agente de la Interpol. De él había recibido los mejores consejos, las mejores orientaciones, él había sido su verdadero ejemplo de conducta, el modelo que había que seguir, mientras que del padre real —el ferretero— tenía pocos recuerdos, casi todos malos.

El hecho de que la expresión de la mujer no mostrara ninguna emoción frente a mi historia, pese a que a esas alturas me dirigía a ella como si no hubiera más gente en la sala, me confirmó en la idea de que no se trataba de María José.

Cuando terminé de hablar, algunas personas se acercaron a la mesa para saludarme o para que les firmara un libro. Entre ellas, vi avanzar por el pasillo a aquella quimera. Y a cada paso que daba se iba convirtiendo un poco más en la María José real, de modo que cuando estuvo frente a mí resultó que era completamente ella. Nos dimos un beso y le pedí que me esperara unos instantes, mientras atendía a las personas que se habían acercado a saludarme. Me dijo que no me preocupara, que iba a asistir a la cena que la universidad había organizado a continuación en mi honor.

Y bien, resultó que daba clases en la Universidad de Columbia, donde preparaba también un trabajo sobre la novela española de los 50. Me había seguido, dijo, desde la publicación de mi primer libro, sorprendida de que aquel chico de su calle se hubiera convertido en novelista.

—Gracias a ti en parte —le dije.

—¿Y eso?

—Si luego me acompañas al hotel, te lo digo.

—De acuerdo.

Con aquella perspectiva, la cena y su sobremesa se convirtieron en una tortura. Pero llegó a su fin, como todo en la vida, y me encontré caminando al lado de María José con idéntica torpeza a la de cuando era niño, sólo que entonces nos encontrábamos en un suburbio de Madrid y ahora en el centro de Nueva York. Cada uno por su lado había logrado fugarse de aquella condición infernal, de aquel barrio espeso, de aquella calle húmeda.

La cena había tenido lugar en un restaurante situado en los alrededores del MOMA y mi hotel se encontraba en la 42, cerca de Grand Central, la célebre estación a la que me he referido en otro momento. Estábamos en primavera y la temperatura era agradable, por lo que decidimos caminar por la Quinta Avenida hasta la altura de mi calle. La conversación y los cuerpos fluían con dificultad hasta que le conté el deslumbramiento que supuso para mí descubrir que era zurda. Le dije que durante mucho tiempo, después de aquella revelación, quise ser zurdo, horizonte al que aún no había renunciado del todo. También le relaté mi sueño de escribir una novela zurda.

—¿Qué es una novela zurda? —preguntó.

—No sé —dije—, una novela escrita con el lado izquierdo, una novela que resulte tan difícil de leer con el lado derecho como cortar un papel con unas tijeras de diestro utilizando la mano izquierda.

Rió cortésmente, pero me aseguró que estaba lejos de alcanzar ese objetivo. Había leído mis novelas, a las que se refirió como si no hubieran logrado estar a la altura de ella como lectora. No lo dijo de un modo brutal, pero sí de un modo claro. Tal como lo entendí, le parecían dos novelas bienintencionadas, pero pequeño-burguesas, sin ambiciones formales, sin instinto de cambio. Advertí que también ella había imaginado en más de una ocasión un encuentro como el que estábamos protagonizando y para el que tenía preparado un discurso demoledor. Comprendí también que ahora creía en la crítica literaria como en otras épocas había creído en Dios o en la lucha de clases. Yo regresaba a Madrid al día siguiente, quizá no nos volviéramos a ver en otros doce o trece años, de modo que podía haber dicho cuatro cosas amables sobre mis libros y aquí paz y después gloria, pero parecía dominada aún por una necesidad feroz de hacerme daño. Tuve la impresión de que al escribir y publicar con cierto éxito aquellas dos novelas pequeño-burguesas, poco ambiciosas formalmente, etcétera, había alterado de forma intolerable el orden de un escalafón imaginario (todos lo son) en el que María José, hasta que mis libros irrumpieran en las librerías, había ocupado uno de los primeros puestos. Le pregunté si escribía y dejó entrever que sí, aunque lo hacía para un lector todavía inexistente, por lo que no podía ni soñar en encontrar editor. Mientras la Historia alumbraba a aquel lector superior, y para colaborar a su advenimiento, había decidido dedicarse a la crítica literaria.

Todo aquello me producía una pena sin límites. El destino nos proporcionaba la oportunidad de cerrar una herida y nosotros hurgábamos en ella en busca del hueso. Me callé dispuesto a no alimentar su rencor ni mi lástima. Entonces me preguntó por qué le había dicho que yo era novelista gracias, en parte, a ella y le recordé aquella frase (tú no eres interesante para mí), así como la coma que había colocado entre el «interesante» y el «para mí» a fin de no suicidarme.

—Siempre quise —añadí— preguntarte si aquella coma la había puesto yo o la habías puesto tú. De modo que te lo estoy preguntando ahora.

—Si la hubiera puesto yo —dijo—, no serías escritor. Eres escritor porque la pusiste tú, porque generaste recursos para contarte la realidad modificándola al mismo tiempo que te la contabas.

Me pareció que se ablandaba un poco y desistí de mi mutismo anterior, aunque explorando zonas conversacionales poco comprometidas o neutras. Le pregunté por sus padres, de quienes me dijo que seguían más o menos bien.

—Siempre soñaron —añadió— que estudiara Económicas para ayudarlos a crecer. Mi padre llamaba crecer a hacerse rico.

—¿Y tú?

—¿Yo qué?

—¿A qué llamas crecer?

153

Se detuvo un momento observándome como a un marciano.

—¿De verdad no sabes a lo que llamo yo crecer?

—Quizá sí, pero quiero que pongas palabras a lo que creo.

Y le puso palabras sin pudor a lo que ella llamaba crecer, que resultó consistir en un conjunto de ambiciones de manual de izquierdas expresadas con un lenguaje parecido al que años más tarde descubriríamos en los libros de autoayuda. En eso, al menos (en llevar unos años de ventaja a la explosión de la autoayuda), sí parecía una adelantada.

Entretanto, llegamos a mi hotel, frente a cuya puerta nos detuvimos y nos miramos a la cara. Ella peinaba la cola de caballo de toda la vida, quizá sujeta con la misma goma. Por lo demás, llevaba unos pantalones vaqueros y una chaqueta del mismo tejido sobre una camiseta roja. Las cejas, tan anchas y tan negras, parecían ocultar a alguien que no era ella y que sin embargo me miraba desde sus ojos. Continuaba habitada, pero no parecía ser consciente de ello. Tuve la fantasía de que todavía podía ocurrir algo entre nosotros (entre quien la ocupaba y yo, quiero decir), de modo que la invité a tomar una copa en el bar del hotel. Eran casi las dos de la mañana. El bar, tal como yo había previsto, estaba cerrado, por lo que sugerí que subiéramos a mi habitación. Dudó unos instantes, pero al fin me siguió hasta el ascensor.

Me habían dado una habitación doble, de modo que ella se sentó en el borde de una de las camas y yo,

154

tras sacar las bebidas de la nevera y servirlas en un par de vasos, en el de la otra. Me pareció que la situación, violenta como todas las nuestras, resultaba por primera vez más difícil para ella que para mí. Entonces sacó del bolso una caja de metal de la que tomó un canuto de hierba que encendió con naturalidad, pasándomelo tras un par de caladas. Yo tenía una relación complicada con la hierba. Me hacía un efecto exagerado, no siempre en la misma dirección. Cuando me caía bien, volaba. Cuando no, me provocaba ataques de pánico que se prolongaban tanto como duraban sus efectos (he relatado, en parte, mis relaciones con esta droga en *La soledad era esto*). Di una calada cautelosa y otra un poco más decidida, evitando beber del whisky que me había servido, para no mezclar. Me cayeron bien, muy bien incluso, relajándome de la tensión de todo el día (de toda la vida para hablar con exactitud). Me eché hacia atrás, apoyando los codos sobre el colchón, y observé a María José con una sonrisa.

—¿De qué te ríes? —dijo ella.

—No me río. Es la cara que pongo cuando me sale bien una frase. Esta frase me ha salido bien. Llevo horas imaginando que acabaríamos así, en mi habitación, solos.

—¿Llevas horas imaginando esto?

—En realidad —respondí—, llevo toda la vida imaginando esto.

—¿Y cuál es el siguiente paso, la siguiente frase?

Con la seguridad que me proporcionaba la hierba me incorporé como si me encontrara en el interior de un sueño y acerqué mi rostro al de ella, buscando sus labios. Pero me detuve unos centímetros antes de alcanzarlos, sin dejar de observarla, y en ese instante descubrí que quien me miraba desde sus ojos era el Vitaminas, que estaba dentro de ella.

—¿Qué pasa? —preguntó.

—Me he acordado de tu hermano —dije regresando a mi posición inicial—. Fui muy amigo suyo. A veces me he preguntado —añadí como si se tratara de una idea antigua, aunque se me acababa de ocurrir en ese instante— si le buscaba a él en ti.

—Pues lo puedes buscar en otra parte —dijo con frialdad pasándome el canuto de nuevo—, porque apenas tuvimos relación. Seguramente lo conociste tú mejor que yo.

Sería por los efectos de la hierba, pero lo cierto es que al otro lado de los ojos de María José se encontraba mi amigo de la infancia. Se asomaba a ellos como a un balcón, haciéndome guiños, buscando mi complicidad, quizá invitándome de nuevo a ver la Calle, esta vez desde la cabeza de su hermana, que tenía también algo de sótano. Intenté, tras dar otra calada, entrar en ella, en la cabeza, con idénticas precauciones con las que en otra época bajaba al sótano. La cabeza de María José era más oscura que la bodega de su padre, pero imaginé que llevaba una vela con la que me iba alumbrando a través de las galerías que componían su pensamiento, sus contradicciones, sus miedos, sus convicciones de manual marxista de autoayuda. Y de este modo, paso a paso, llegué a la zona de los ojos y me coloqué junto al Vitaminas, para ver qué ha-

156

bía al otro lado. Y al otro lado estaba yo, recostado sobre la cama de enfrente, coqueteando con mi historia. Observado desde los ojos de María José, veía en mí a un novelista joven que se encontraba en un hotel de la calle 42, en Nueva York, en Manhattan, en el centro del mundo como el que dice. Quizá un novelista equivocado, un tipo que acertaba en las cuestiones periféricas, pero al que se le escapaba la médula. Un tipo bien intencionado, de izquierdas desde luego, pero de una izquierda floja, uno de esos compañeros de viaje, un tonto útil, aprovechable en los estadios anteriores a la Revolución, pero a los que convenía fusilar al día siguiente de tomar el poder. Un tipo, por qué no, con el que se podía follar, incluso al que se podía leer para hacer tiempo, mientras las condiciones objetivas hacían su trabajo y las contradicciones internas del sistema aceleraban la llegada de la Historia.

Pero al tipo se le habían acabado de repente las ganas de follar. El tonto útil sólo quería continuar asomado a los ojos de María José, dándole algún que otro codazo cómplice al Vitaminas. Fíjate adónde he llegado, amigo, casi al cuartel general de la Interpol, que debe de andar por una de estas calles. Mírame en el centro mismo del universo, teniendo al alcance de la mano, de los labios, quizá de la polla, a la chica que nunca me hizo caso. Entonces comprendí de súbito que uno se enamora del habitante secreto de la persona amada, que la persona amada es el vehículo de otras presencias de las que ella ni siquiera es consciente. ¿Por quién tendría que haber estado habitado yo para despertar el deseo de María José?

157

—¿Por quién tendría que haber estado habitado yo —dije en voz alta— para despertar tu deseo?

—¿Qué dices?

—Te lo preguntaré de otro modo: ¿Por quién estoy habitado desde que nos conocemos para haber provocado tu rechazo? ¿A quién ves en mí que tanto te disgusta?

María José se tomó su tiempo. Apuró el canuto hasta el filtro, se tragó el humo, lo mantuvo en los pulmones, expulsó los restos de la combustión y mató la colilla sobre el cristal de la mesilla de noche (el cenicero le caía lejos). Después me observó largamente y dijo:

—Estabas habitado por mi hermano, todavía lo estás. Por eso te tenía aversión, pero también amor. Si no te hubiera tenido aversión, no te habría rechazado como lo he hecho a lo largo de todos estos años. Pero si no te hubiera tenido amor no estaría, a las tres de la madrugada, en la habitación de tu hotel, no habría ido a verte a la universidad, no habría leído tus novelas, no te habría seguido desde tu primera aparición pública, no habría recortado las noticias, por pequeñas que fueran, que leía en los suplementos literarios o en las revistas especializadas, no habría conspirado para que la universidad te invitara a dar una conferencia, que vaya mierda de conferencia, por cierto, que nos has dado.

—Pues ha gustado mucho —dije yo sonriendo.

—Y qué esperabas. El hispanismo es un consumidor voraz de sentimentalismo barato y tú has estado barato; eficaz, no lo niego, pero barato y vagamente zen, por eso les has gustado tanto.

Le pregunté si no le había conmovido ni poco ni mucho la historia del ferretero y me confesó que no la había entendido.

—El ferretero —añadí— era en realidad un tendero de ultramarinos, un tal Mateo, o sea, tu padre.

—¿Y qué tenía que ver mi padre con la Interpol?

Entonces le conté que el Vitaminas, su hermano, me había revelado un día que su padre pertenecía a la Interpol. Le hablé de los informes que sobre la gente del barrio escribía para él. Le relaté cómo tras la muerte del Vitaminas yo me había ofrecido a Mateo para continuar aquella labor de información. Le narré cómo le pasaba de forma clandestina un informe semanal y cómo, a cambio de él, su padre me entregaba diez céntimos. Le describí cómo esa fantasía se había hecho añicos al poco de que ella me rechazara. Y mientras la ponía al corriente de aquella infancia miserable, me veía desde los ojos de ella y juro que el tipo que contaba aquellas historias era un treintañero atractivo, al menos aquel día exacto y a aquellas horas de la madrugada en la que estaba llevando a cabo, sin saberlo, un arqueo de mi vida, un inventario de existencias. Siempre me había producido asombro la expresión «Cerrado por inventario» que las tiendas colgaban una vez al año sobre su entrada. Yo, aquella noche histórica, estaba cerrado por inventario.

Tras ponerla al corriente de todo, tras relatarle lo que yo imaginaba, es decir, que su padre había alimentado en mí la misma fantasía que en su hijo para retrasar su pérdida, le conté el gran secreto de mi in-

159

fancia. Le dije que desde el sótano en el que su padre almacenaba el género, y en el que ella escondería años más tarde los ejemplares de *Mundo Obrero*, se veía la calle de un modo hiperreal, y que yo lo sabía porque me lo había enseñado el mismísimo Vitaminas. Y que si uno de los personajes principales de *Visión del ahogado*, mi segunda novela, se llamaba de este modo, el Vitaminas, era en homenaje a su hermano, de quien ni siquiera llegué a saber cómo se llamaba de verdad. También le revelé que su hermano fabricaba unos artefactos con los que se veía el ojo de Dios, el ojo de Dios, lo había olvidado, el ojo de Dios. Y con qué claridad se veía esa pupila al otro lado del tubo. Le relaté cómo el mismo verano de su muerte habíamos estado los dos, su hermano y yo, en un barrio de Madrid que era el Barrio de los Muertos, el lugar al que la gente acudía después de morir para llevar una muerte, por lo que pudimos apreciar, idéntica a la vida de los vivos. Si no hubieras sabido que estaban muertos, ni te habrías enterado. Le conté que yo estaba muerto porque ella me había matado con aquel tú no eres interesante (para mí), pero que decidí disimular para no dar un disgusto a mis padres. Le confesé que tenía notas para una novela que trataba de eso, de un tipo que se moría de pequeño, en el patio del colegio, pero que no decía nada a nadie por discreción, por delicadeza, por no joder, en suma, y fingía que continuaba vivo. Fingir que continúas vivo, le dije, es muy sencillo, no tiene dificultad alguna. A lo mejor los primeros días te equivocas en esto o en lo otro, pero la vida es una cuestión pura-

160

mente mecánica, ni siquiera necesitas un talento especial para sacarla adelante. El tipo este de la novela sobre la que entonces tomaba notas y que escribiría años después, en el 94, creo, llega, fingiendo estar vivo, a adulto y como su muerte sucedió en el tiempo remoto de la infancia, cuando se hace mayor se olvida de que está muerto y actúa como si estuviera vivo de verdad hasta que un suceso, entonces aún no sabía cuál, le hace acordarse y entra en una crisis brutal, como en la que entraría yo por esos años. Quizá la estaba barruntando. Le expliqué que estamos rodeados de muertos, que hay casi tantos muertos como vivos a nuestro alrededor. Gente floja, sin voluntad, que se muere y no dice nada por pereza. En la cena de hoy, por ejemplo, y sin contarme a mí, había un par de muertos más, Fulano y Mengano. ¿A que no les notaste nada?

Le contaba todo esto muy despacio, con la lentitud minuciosa que en ocasiones proporciona el hachís, introduciendo la punta del estilo verbal en cada una de las ranuras de aquella infancia de mierda, para no dejar nada por saquear, nada por recordar, nada por hurgar. Le expliqué que mi vida no había tenido otro objetivo que el de huir de aquel barrio (en el que más tarde, sin embargo, incurriría), de aquella calle, de aquella familia. Un proyecto poco marxista, sin duda, escasamente solidario, un proyecto que no se ajustaba a la dialéctica de la Historia, pero un proyecto, sobre todo, que lograría a medias, puesto que la novela en la que trabajaba en aquel momento (y que se publicaría en el 83 con el título de *El*

161

jardín vacío) trataba del barrio. No era una novela propiamente dicha, sino una digestión, un proceso metabólico, una asimilación.

Tan metido me encontraba en el relato que no me di cuenta de que María José estaba llorando. Ignoraba desde cuándo porque se trataba de un llanto mudo, que no provocaba alteraciones en su cuerpo. Lloraba con la naturalidad con la que se producen los fenómenos atmosféricos suaves, como esa lluvia que no se ve y que llaman calabobos porque moja igual que la de verdad, aunque sólo a la gente poco avisada. Así lloraba María José, creo que porque no se había enterado en su día de nada de lo que le estaba contando ahora. Era evidente que no había sabido que su padre pertenecía a la Interpol y que la tienda de ultramarinos, por lo tanto, era una tapadera. Estaba claro que no sabía tampoco que su hermano colaboraba con su padre en la tarea de descubrir comunistas en el barrio. Le expliqué cómo eran aquellos informes del Vitaminas (y después los míos): secos, sintéticos, sin juicios. El hijo del carbonero, por ejemplo, se detuvo a las diez en medio de la calle, se llevó un pañuelo a la boca, escupió sangre sobre él y continuó andando. Tú no tenías que aventurar que estaba tuberculoso, aunque lo pensaras. Tú tenías que contar la verdad objetiva. Aquellos textos eran pequeños ensayos behavioristas, y aún no habíamos leído *El Jarama*, ni siquiera sabíamos de su existencia, tal vez ni siquiera se había escrito, tendría que comprobar las fechas. Qué casualidad, dije, que tu padre buscara comunistas fuera mientras los alimentaba den-

162

tro, como si hubierais tenido la necesidad de completaros. Tu padre estaba incompleto sin comunistas a los que perseguir y tú no estabas entera si no te perseguían. Quiero decir que, aparte de la función histórica que cumplió tu comunismo, también tenía una dimensión de orden personal. Casi todo en la vida empieza por una necesidad de orden personal a la que luego encontramos motivaciones históricas. Primero hacemos las cosas y después las justificamos. Te levantas pronto porque te lo pide el cuerpo, pero con el tiempo encuentras una teoría sobre el levantarse pronto e inviertes las cosas, es decir, que te crees que te levantas pronto para seguir un programa, una religión, unos principios. No es mi caso, yo me levanto pronto porque sólo puedo escribir a primera hora de la mañana, antes de desayunar, creo en las virtudes del ayuno, mi época preferida del año es la Cuaresma...

María José se había recostado sobre la cama, para llorar más a gusto, y se había quedado dormida. No sabía cuánto tiempo llevaba dormida como antes no había sabido cuánto tiempo llevaba llorando. Entonces me callé, exhausto, justo antes de decirle que qué casualidad también que yo me hubiera hecho novelista y que ella se hubiera hecho crítica literaria. Éramos, aparentemente, las dos partes de un todo. Lo que me habría gustado averiguar era si se había hecho crítica literaria después de saber que yo era novelista o antes, para deducir quién había empezado a perseguir a quién.

Pero estaba dormida y no era cosa de despertarla para preguntarle una cosa así. Yo, en cambio, estaba excitado, de modo que me levanté y registré su bolso en busca de otro canuto. Busqué la caja metálica de la que había sacado el primero como en otro tiempo buscaba el éter en el taller mi padre, también como en otro tiempo olía la gasolina del depósito de su vespa. Y allí estaba la cajita de metal, que abrí y en la que encontré tres o cuatro canutos más, una chica muy previsora, aunque quizá no muy marxista, no sé qué habría dicho Marx de esto de las drogas, de las drogas blandas, para más iniquidad. Seguramente la hierba era una droga pequeño-burguesa, una droga de clase media, de quiero y no puedo, una droga sin ambición formal ni instinto de cambio, una droga de mierda. Encendí el canuto, me senté en una butaca que había en un rincón de la habitación y me lo fui fumando yo solo, muy despacio, atento a sus efectos, no quería acabar mal la noche, aunque la noche se había acabado ya porque se percibía una claridad lechosa (claridad lechosa, qué expresión) al otro lado de la ventana. Me levanté para observar de cerca aquella claridad, para comprobar si de verdad era lechosa o se trataba de un tópico sin fundamento, pero en lugar de la claridad lechosa del amanecer vi la claridad lechosa de un edificio de oficinas de cristal que había delante del hotel y cuyos despachos estaban encendidos mientras un ejército de limpiadoras portorriqueñas, mexicanas, dominicanas y demás pasaba las fregonas por los suelos y las gamuzas por las mesas. Parecía que habían aplicado a la realidad un corte desde el que se podía apreciar la vida humana como en el corte de un hormiguero puedes apreciar la de las hormigas. En el piso tercero, un encargado blanco acosaba sexualmente a una limpiadora negra. El mundo.

María José se despertó a las nueve de la mañana.

—¿Qué haces? —preguntó al verme sentado en la butaca, con los pies sobre el borde de la cama y los ojos abiertos al futuro.

—Se me ha aparecido una novela —dije—, una novela que escribiré dentro de unos años, todavía no estoy preparado, y que se titulará *Tonto, muerto, bastardo e invisible.*

—¿Y qué hora es?

—Son las nueve.

Entró corriendo en el baño y salió al poco medio recompuesta. Le pregunté si quería desayunar, yo la invitaba en mi hotel de la calle 42 de Nueva York, todo pagado por la Universidad de Columbia, pero me dijo que no, que la acompañara si quería a la estación (Grand Central), que estaba allí mismo, a cuatro calles, porque se le había hecho tarde para algo. Estaba seca, desabrida, brusca, antipática, intratable, quizá se arrepentía de haber llorado o de haber dormido o de haberme escuchado, quizá se arrepentía de trabajar en Columbia.

Nos despedimos en la puerta de la estación, con dos besos por persona, y yo regresé al hotel despacio, mientras la aceras se llenaban de gente y revivían los escaparates de las tiendas. Fue entonces cuando noté que estaba ocurriendo algo que al principio no supe distinguir, algo como un murmullo, un rumor, un enjambre de abejas... Me detuve para poner todos mis sentidos al servicio de la percepción, miré a mi alrededor y comprendí que estaba viendo la Calle, o sea, el mundo, y que yo me encontraba dentro de él. Sin dejar de estar en Nueva York, lo que era evidente, estaba en mi calle, en la calle de Canillas del barrio de la Prosperidad, en Madrid, observando desde la bodega del padre del Vitaminas la realidad, que era exactamente así. Mi calle era todas las calles. Volví al hotel y estuve escribiendo tres o cuatro horas seguidas en la cafetería, mientras la gente pasaba por la calle. Al mediodía regresé a la estación, me coloqué en una parte alta del vestíbulo y vi el mundo. Entonces me acordé de que alguien me había recomendado que visitara el Oyster Bar, un establecimiento subterráneo que hay en esa estación donde se sirven las mejores ostras de Nueva York. Bajé y me quedé atónito. En aquella especie de refugio atómico, sentados en bancos corridos, una multitud subterránea consumía ostras y cerveza con una dedicación enfermiza. La escena me trajo a la memoria un día que arranqué la corteza de un árbol muerto y sorprendí a un grupo de escarabajos en plena actividad existencial. El Oyster Bar tenía algo profundamente biológico, pese a las carteras de piel colocadas al lado de sus dueños y las corbatas. Aquello era de nuevo el mundo, es decir, la Calle.

No volvería a tener noticias de María José hasta tres o cuatro años más tarde. Su padre había muerto y al hurgar entre sus pertenencias había encontrado el cuaderno de notas del Vitaminas, que me hizo llegar a través de mi editorial, junto a una carta en la que justificaba su envío asegurando que aquel cuaderno me pertenecía más a mí que a ella, lo que era evidente. Me decía también que, dada por finalizada su experiencia americana, impartía clases de literatura española para extranjeros en una universidad norteamericana con sede en Madrid. Finalmente, me pedía ayuda para conectar con el mundo editorial, que le interesaba más que el de la enseñanza.

Eché un vistazo al cuaderno del Vitaminas, cuya prosa me pareció admirable. Su capacidad de observación sólo estaba a la altura de su imparcialidad. Era preciso como un bisturí (eléctrico) y neutro como un atestado policial. «El hijo del droguero», decía una de sus notas, «se peina a veces con la raya a la izquierda y a veces con la raya a la derecha. A veces, con el pelo hacia atrás». O bien: «Cuando Ricardo, el de la Guzzi, vuelve de trabajar a las siete y media de la tarde, una mujer del tercer piso sacude una alfombra pequeña por la ventana.» O bien: «Siempre que el fontanero pasa en su moto con una taza de retrete en el sidecar, el carbonero coloca en la acera, frente a su tienda, una carretilla con leña menuda.»

Leídas despacio, tantos años después, aquellas notas formaban un tejido de coincidencias en las que habíamos vivido atrapados y cuyos hilos eran nuestras vidas. El lienzo se había deteriorado por sus bordes, como el cuaderno del Vitaminas, pero su trama, de la que yo formaba parte, permanecía intacta.

En aquellos momentos, yo coordinaba una colección de clásicos policíacos y de aventuras dirigida al

167

público adolescente. Cada volumen incluía un epílogo que situaba la obra publicada en su contexto histórico y literario, ofreciendo asimismo una breve biografía del autor y una reseña que facilitaba la comprensión de la obra, orientando al estudiante de cara al comentario de texto. La iniciativa había sido un éxito, por lo que la demanda de personas capaces de escribir aquellos epílogos era creciente. María José aceptó ceñirse al formato que yo mismo le expliqué y se incorporó al grupo de colaboradores con resultados mediocres: entregaba siempre al borde de la fecha de cierre los textos, a los que yo tenía que colocar los acentos y las comas, signos de puntuación que quizá le parecían pequeño-burgueses, pues me lanzó una mirada de condescendencia cuando le rogué que pusiera más atención a estos aspectos. Sí demostró en cambio una habilidad especial para las relaciones públicas, pues sedujo a los directivos de la editorial y acabó dejando las clases para trabajar en el sector.

Durante esa época, y mientras consideró que me necesitaba, fue amable conmigo, incluso publicó una crítica sobre *Letra muerta* en la que calificaba aquella novela mía de excelente. Luego, a medida que sus relaciones editoriales se afianzaban, volvió a poner entre los dos la distancia habitual, que rubricó con una crítica demoledora sobre *Papel mojado*, otra novela mía de la época que, pese a su reseña, funcionó muy bien. En general, observaba frente a mí la actitud perdonavidas de los escritores que no escriben. La Historia, pese a sus esfuerzos, continuaba sin alumbrar al lector capaz de comprenderla, por lo que iba retrasando indefinidamente su proyecto de publicar (y quizá de escribir).

En la actualidad, y pese a sus sucesivos fracasos como responsable editorial, goza de la protección de un grupo en el que vegeta a la espera de la jubilación. Entretanto, publica críticas marxistas en medios marginales habiendo logrado crearse una pequeña reputación de intelectual perseguida. Predica un comunismo pintoresco, enemigo de la homosexualidad y adicto a los juicios sumarísimos, con el que se ha abierto un nicho de mercado en el que carece de competencia. Es, de todas las personas que he conocido, la que menos partido obtuvo del privilegio de ser zurda. No se casó ni tuvo hijos. Ya no hablamos nunca y cuando coincidimos en algún acto público, fingimos no reconocernos. Jamás me perdonó que la hubiera ayudado a salir adelante cuando volvió a Madrid. Tampoco que, más tarde, le prestara un dinero que me pidió para pagar el alquiler y que me devolvió, cuando me había olvidado de él, a través de una tercera persona.

Al poco de publicar *Dos mujeres en Praga*, mi agente me pidió un relato de ciencia ficción para una revista argentina cuyo director se lo había solicitado encarecidamente. Le dije que no era mi registro, pero arguyó que se trataba precisamente de que escritores que no guardaban relación con el género se acercaran por una vez a él. Accedí finalmente por razones de cortesía y escribí un cuento en el que se narraba la historia de un alpinista que se extravía en medio de una tormenta de nieve. Cuando anochece, y encontrándose ya a punto de perecer de frío, distingue en una de las paredes de la montaña una ventana de la que sale una luz amarilla. Aunque sólo puede tratarse de una alucinación, consigue ascender por las irregularidades de la pared, llena de placas de hielo, hasta alcanzar el espejismo y asomarse a él, distinguiendo al otro lado del cristal lo que parece el salón de una casa con una chimenea en la que arde un tronco de leña. También ve, sentada en una butaca de cuero, a una mujer que sostiene un libro en la mano derecha y una copa de vino en la izquierda. A los pies de la mujer reposa un perro grande. A través de la ventana que separa el mundo del alpinista del de la mujer llegan las notas de un violín procedentes de lo que parece un aparato de alta fidelidad situado al lado de la chimenea.

El escalador, al borde ya del desfallecimiento, golpea el cristal para llamar la atención de la mujer, que levanta los ojos con expresión de extrañeza. Al poco, y dado que no distingue bien lo que ocurre, se levanta de la butaca, va hacia la ventana y la abre descubriendo con cierta sorpresa al hombre que se encuentra al borde del desfallecimiento. Impulsada por un movimiento reflejo, le ayuda a penetrar en el salón, cerrando la ventana tras él, pues el viento ha alcanzado tal violencia que amenaza con inundar de nieve la vivienda.

Tras ayudarle a despojarse de las prendas propias de un alpinista, le sirve un consomé caliente mientras el hombre le cuenta que había salido con idea de coronar una cumbre, cuando le sorprendió una tormenta que no habían anunciado los partes meteorológicos. En apenas unos minutos la nieve creció medio metro y tuvo que buscar amparo en una grieta. Tras ponerse el sol, las temperaturas habían caído en picado, sin darle tiempo a buscar un refugio para pasar la noche. Y en éstas, cuando daba por seguro que había llegado su fin, descubrió en medio de la montaña una ventana iluminada que logró alcanzar haciendo acopio de sus últimas energías.

Como es lógico, el hombre está seguro de encontrarse dentro de una alucinación que tiene lugar mientras agoniza de frío en la grieta en la que sin duda permanece encajado al modo de una cucaracha. Pero como la casa es tan acogedora, la mujer tan amable, el perro tan manso y el fuego tan caliente, decide fingir que se cree lo que le pasa. Después de todo, ¿qué tiene que perder? Le sorprende, no obstante, que a la mujer no le parezca extraña la situación, pues pasado el primer movimiento de asombro da la impresión de estar viviendo algo, si no completamente normal, posible.

Pasadas las horas, el hombre sospecha que al atravesar aquella ventana ha atravesado también una dimensión de la realidad. Se encuentra, en efecto, en una época que no es la suya. La casa parece estar situada en una especie de no-lugar. Lo advierte al darse cuenta de que la mujer no entiende determinadas referencias geográficas que él cita cuando le narra su aventura. La vivienda posee adelantos que si bien se intuían en la época de la que viene el hombre, aquí

171

constituyen una realidad material. La sospecha de que ha ido a caer en una época más avanzada que la suya desde el punto de vista tecnológico se confirma cuando la mujer le invita a pasar la noche en la casa, ofreciéndole la habitación de invitados, cuya ventana, sorprendentemente, da a una playa del Caribe. Bastaba cambiar de habitación para cambiar de clima y de paisaje. Cuando el hombre se queda solo, abre la ventana y escucha el rumor del mar, que viene de allá abajo, junto a un olor muy intenso a algas y una humedad característica del trópico. Deduce entonces que se encuentra en el interior de una vivienda cuyos adelantos virtuales permiten que cada una de las habitaciones se asome a un panorama diferente, en función de los deseos del inquilino. No obstante, y agotado como está por la experiencia de la nieve, se acuesta y duerme ocho horas seguidas.

Al día siguiente, tras pasar por el cuarto de baño e incorporarse al desayuno, advierte que su presencia produce en la dueña de la casa una incomodidad que no había percibido la noche anterior. Tras investigar las causas con cautela, deduce que la mujer le había tomado por un elemento virtual más del paisaje que se apreciaba desde el salón. Pero al darse cuenta de que tenía verdaderas necesidades fisiológicas y que producía la misma suciedad que un hombre analógico, comprende que su presencia es el producto de un error, de un cruce de dimensiones, de un desajuste mecánico que no formaba parte del proyecto original de la vivienda, por lo que decide telefonear a sus constructores para informales sobre lo sucedido. Los constructores llegan, analizan al visitante y alcanzan en seguida la conclusión de que se trata, en efecto, de una anomalía que corrigen fumigándolo con un líquido que le hace desaparecer. El montañero se llamaba Juan José y la dueña de la casa María José. Pero podía haber sido al revés. Uno de los dos vivía en la dimensión equivocada.

CUARTA PARTE

—

LA ACADEMIA

Tras aquel «Tú no eres interesante (¿para mí?)», y el cese voluntario de mis actividades como agente de la Interpol, la opacidad se acentuó. Era opaco el patio del colegio; eran opacos los curas y los compañeros; opacos los libros de texto; opacos mis hermanos y los confesionarios y las absoluciones; opacas las misas; eran opacos Dios y el diablo y opacas las horas de la vigilia y el sueño; el frío era opaco y opacas las discusiones de mis padres; opacos los bultos de todos los pasillos y opacas las acelgas que se manifestaban cada noche en los opacos platos desportillados de la cena. Era opaco yo, entre las sábanas, y opacas las manos con las que me tapaba desesperadamente los oídos para no escuchar las peleas de los mayores. Eran opacas mis fantasías sexuales y opaco mi sexo. Eran también opacos los meses y los años, que pasaban unos detrás de otros, como la procesionaria. Era opaco el futuro.

Entonces estrené unas botas de color marrón. No sé cómo llegaron a casa ni por qué fueron directamente a mis pies, pero se trataba de la primera vez que estrenaba algo, por lo que cada minuto del día era consciente de ellas. Me llegaban hasta el tobillo, de forma que ceñían todo el pie, trasmitiendo una rara sensación de seguridad al resto del cuerpo. Proporcionaban a mis piernas una ligereza sorprendente, como si estuvieran impulsadas por un aliento invisible. En uno de los cromos de la colección sobre el FBI y la Interpol salía un zapato cuyo tacón se desplazaba hacia un lado dejando al descubierto un receptáculo secreto, donde se podían esconder un microfilm y una cápsula de cianuro. Los tacones de mis botas tenían un grosor semejante al del zapato del cromo, pero no eran móviles. A mí me gustaba imaginar que el interior contenía un pequeño motor que aminoraba la fuerza de la gravedad. ¿Cómo explicar, si no, la ligereza que adquiría cuando las llevaba puestas?

Se acoplaban al cuerpo como la masa al molde. En mi fantasía constituían una extensión de mi piel, de tal manera que por la noche, más que quitármelas, me las tenía que extirpar. Debido al uso intensivo al que las sometí y a su probable mala calidad, pronto se manifestó sobre su superficie un conjunto de grietas que yo intentaba aliviar aplicando sobre ellas, a modo de ungüento curativo, una capa de jabón de cocina. Pese a mis cuidados, las grietas no tardaron en convertirse en heridas abiertas por las que asomaban, a manera de vísceras, los calcetines. Guardo un recuerdo muy penoso de la agonía de aquellas botas fabulosas.

Un día nos echaron a un compañero y a mí de clase, por hablar. Salimos del aula y nos sentamos en el suelo, junto a la puerta, con la espalda apoyada en la pared y las piernas extendidas, como un par de cómplices. Me dijo que había en su casa una granada de mano de la guerra que le gustaría enseñarme, pero que su padre le tenía prohibido sacarla a la calle. Le indiqué que podía ir yo a verla. Entonces, observando críticamente mis botas, heridas ya de muerte, apuntó:

—Es que mi casa es de mucho lujo.

Con frecuencia, el enemigo de clase es tu compañero de pupitre. «Mi casa es de mucho lujo» parecía una variante del «Tú no eres interesante (para mí)». Si uno es capaz de imaginar a lo que se llamaba lujo en aquella época y en aquel suburbio, tampoco tendrá dificultades para hacerse cargo del estado alcanzado por mis heroicas botas, que morirían puestas, en acto de servicio, después de que se hubiera practicado sobre ellas una forma de encarnizamiento terapéutico que incluyó decenas de intervenciones quirúrgicas y varios trasplantes de órganos procedentes de otros zapatos muertos. Tengo desde aquella experiencia la convicción de que el calzado es, de todas las prendas de vestir, aquella que cuenta con una vida propia más activa. Le rendí homenaje en *No mires debajo de la cama*, novela sobre un matrimonio de zapatos a la que guardo un afecto especial.

Mi casa es de mucho lujo. Yo no era uno de ellos. Yo no era de allí. Pero de dónde era.

Entonces cayó en mis manos un ejemplar de la revista *Selecciones del Reader's Digest*, publicación de carácter popular que incluía novelas condensadas, para

179

facilitar su lectura. La abrí en algún instante de aburrimiento y tropecé con el relato de un hombre que al vaciar la casa de su madre muerta tropieza con una carpeta llena de recortes de periódicos escondida en una especie de doble fondo de un armario. El hombre, sentado en el borde de la cama de su madre, comprueba que proceden de periódicos de hace cuarenta años y que se refieren a un suceso que, a juzgar por el tamaño de los titulares, debió de provocar en su día una gran conmoción social. Daban cuenta, en fin, del secuestro, llevado a cabo a plena luz del día y en una calle céntrica, de un recién nacido al que su cuidadora había dejado en la puerta de un comercio, dentro de su cochecito, mientras entraba a comprar el pan. Cuando instantes después volvió a salir, había desaparecido. El cochecito se encontraría más tarde abandonado en un callejón, sin rastro del bebé.

Los recortes estaban ordenados cronológicamente, de modo que la historia se leía casi como una novela por entregas. El bebé pertenecía a una familia adinerada cuyos padres, a través de la prensa, apelaban de manera periódica a los sentimientos de los secuestradores para que les devolvieran a la criatura. Pasado el primer mes, la policía empezaba a desconfiar de que apareciera, pues durante ese tiempo nadie se había dirigido a la familia pidiendo dinero, de donde se deducía que o bien no se trataba de un secuestro con fines económicos o bien los raptores, asustados por la repercusión del suceso, se habían deshecho del niño. Dadas las influencias de los padres y la alarma provocada por el caso, no se dejaba por investigar una sola vía, pero todas, unas detrás de otras, conducían a sucesivos callejones sin salida. Con el paso del tiempo, la noticia iba pasando a un segundo plano, aunque durante algunos años, coincidiendo con el aniversario del rapto, se entrevistaba de nuevo a los padres, que manifestaban la convicción de que su hijo continuaba vivo en algún sitio.

A medida que el protagonista de la novela lee aquellos recortes, va comprendiendo que el niño raptado era él. Y que la secuestradora fue la mujer a la que había tomado por madre, cuyo fallecimiento acababa de llorar.

Recuerdo las sensaciones físicas que sufría el personaje de la novela al descubrir el secreto de su vida, porque yo las padecía al mismo tiempo que él, como si al conocer su historia estuviera acercándome peligrosamente a la mía. No he olvidado el temblor de mis manos cada vez que pasaba una página ni las alteraciones que la emoción producía en la superficie de mi piel y en el ritmo de mi respiración. Aquella revista, que tenía por cierto la forma de un libro, se convirtió en el único objeto no opaco de cuanto me rodeaba. Más aún: estaba poseído por una extraña trasparencia, pues mientras leía me era dado ver físicamente al hombre que, sentado en el borde de la cama de su difunta madre, pasaba un recorte tras otro del periódico al tiempo que la sangre se retiraba de su rostro y la boca se le quedaba seca. Podía verlo leyendo una entrevista en la que su madre verdadera relataba cómo eran sus días hora a hora, minuto a minuto, segundo a segundo, esperando que se produjera una llamada, rezando para que llegara una carta, implorando que apareciera una señal. La madre verdadera venía fotografiada en varias ocasiones. Era una mujer joven, guapa, bien vestida, serena y muy educada en su dolor. En algún momento, tomando como buena la hipótesis (una entre tantas) de que podía haber llevado a cabo el rapto una mujer sin hijos, se dirigía a la secuestradora pidiéndole que intentara imaginar su sufrimiento y asegurándole que serían generosos con ella si devolvía a la criatura. Podía ver las fotos del padre, un hombre mayor que la madre o quizá envejecido por la barba que ocultaba su mentón y por el sufrimiento de aquellos días. Me era dado asistir de un modo extraño a la llegada de la noche en aquella casa donde la herida provocada por la ausencia del bebé se manifestaba como un desgarrón insoportable. Podía contemplar a aquella mujer dando vueltas entre las sábanas, presa de una desesperación trágica, pero noble, con la dignidad que proporcionaban los muebles de estilo, profusamente descritos en las páginas de la novela, y las figuras de porcelana que velaban su insomnio. ¿Cómo era posible que, habiendo sólo letras, yo viera solamente imágenes?

Pero al mismo tiempo, arrastrado por el itinerario emocional del personaje del relato, veía también a la secuestradora (la falsa madre) pasar por delante del establecimiento a cuya puerta se encontraba el cochecito con el niño. La veía detenerse y contemplar embelesada al crío, que quizá en ese instante movía seductoramente los brazos en dirección a ella. La veía mirar al interior de la panadería, dudar unos instantes, y finalmente empujar el cochecito con naturalidad, como si fuera suyo. La veía ahora, una vez recorridos los primeros metros, apresurarse para alejarse de la zona. La veía tomando al niño en sus brazos y abandonando el cochecito en el callejón en el que más tarde lo hallaría la policía. La veía llegando al portal de su modesta casa, subir las escaleras corriendo, para evitar el encuentro con algún vecino. La veía entrar jadeando en su morada, un ático de una sola pieza con la pintura de las paredes desconchada y la cama revuelta. Veía a la secuestradora depositar al niño sobre esa cama. La veía desnudarlo para adorarlo entero y hacerse cargo de la posesión sentimental que acababa de adquirir. La veía comprando biberones con cara de sospechosa, cada día en una farmacia distinta, siempre muy alejadas del barrio donde se había producido el secuestro. La veía urdiendo planes sucesivos para inscribir el bebé a su nombre sin ser descubierta. La veía cambiando de barrio primero, de ciudad después, la veía fingiendo un embarazo, un parto. La veía sacando adelante al niño con un esfuerzo heroico, fregando escaleras, cosiendo prendas ajenas hasta altas horas de la noche. Podía ver al crío crecer alrededor del cesto de costura, de la máquina de coser. Podía verle preguntar a su madre por qué no tenía padre. Podía escuchar la explicación de la secuestradora, según la cual su padre había muerto en la guerra, en cualquier guerra, siempre había una a la que imputar las desapariciones de los hombres. Podía, en fin, hacerme cargo de aquellas vidas imaginarias como si fueran reales, pese a que trascurrían en un país y en un tiempo que yo no conocía. Pero podía, sobre todo, seguir el proceso mental por el que el personaje del relato va comprendiendo, a medida que lee aquellos recortes de prensa, por qué había tenido durante toda su vida aquella sensación de extrañeza respecto a cuanto le rodeaba. Él no era de allí, él pertenecía a otro mundo del que había sido arrebatado. No sé de qué forma misteriosa yo hacía mío aquel proceso cuando le veía levantarse atónito de la cama de su falsa madre y caminar con uno de los recortes del periódico en la mano para comparar, frente al espejo, las facciones de su rostro con las de sus verdaderos padres. Y es que, sorprendentemente, el que se levantaba de la cama y se acercaba al espejo era yo. Y yo el que en los días posteriores a aquel hallazgo viajaba hasta la ciudad en la que vivían los verdaderos padres del personaje (mis verdaderos padres) y merodeaba por los alrededores de su casa para verlos salir. Era yo el que me asombraba de la vida que podía haber llevado si las cosas no se hubieran torcido de aquel modo. Yo el que pensaba la manera de abordar a mi verdadera madre —ya una anciana— para decirle he regresado, madre, soy tu hijo. Sin dejar de vivir en un mundo completamente opaco, puesto que todo mi cuerpo permanecía en él, me había trasladado increíblemente a los espacios del relato. ¿Cómo era posible?

Fue una experiencia demoledora. Salí de la novela trasformado, salí, sin que nadie se hubiera dado cuenta, convertido en un lector. Y en un bastardo, pues seguramente tampoco yo era hijo de mis padres. Es cierto que me parecía a mi madre, pero entonces vino en mi ayuda una de las palabras que más influencia han tenido en mi vida: mimetismo. Había cerca de casa una mujer con el rostro idéntico al de su perro, lo que mis padres explicaban por un fenómeno según el cual las cosas próximas tendían a establecer semejanzas y que recibía el nombre de mimetismo. Quedaba el problema del secuestro, pues no resultaba verosímil imaginar a mi madre secuestrando un niño, cuando los tenía a pares, a menos que tenerlos a pares constituyera una enfermedad mental.

Aquél fue un relato fundacional en muchos sentidos, también en el de mi obsesión posterior por la paternidad (una variante de la autoría), de cuyo asunto me ocupé profusamente en *Dos mujeres en Praga*. Durante una época, además de acumular dudas sobre mi filiación, adapté el relato del *Selecciones* a mi propia historia, de manera que me convertí simultáneamente en su protagonista y en su autor, cosas ambas improbables si pensamos que por aquella época tendría doce o trece años y que el verdadero autor era de nacionalidad norteamericana (no recuerdo su nombre). A partir de ese instante, hacía mío cada relato que leía y que me cautivaba. En cierto modo, hacía con ellos, con los relatos, lo mismo que la mujer de la novela con el bebé: los raptaba, me los llevaba a casa y los alimentaba cada día con una pasión enfermiza, como si yo fuera su padre. Si había gente dispuesta a cualquier cosa por tener hijos, yo estaba dispuesto a

185

pagar cualquier precio por tener relatos. Llegué a tener ocho o nueve en muy poco tiempo (los hijos, curiosamente, que tenía mi madre). Lo que quiere decir que pasé de no leer nada a leerlo absolutamente todo. Y la lectura se convirtió en una grieta por la que podía escapar de aquella familia, de aquella calle, de aquel barrio, de aquella opacidad.

También fantaseé con la idea de que mis padres, en vez de haber tenido nueve hijos, una cantidad a todas luces inviable, hubieran tenido sólo uno, que era yo. Entonces éramos una familia feliz, sin los problemas económicos que al parecer estaban en el origen de todos los demás (la infraestructura y la superestructura). Mis padres se amaban y me amaban y yo les correspondía a mi vez siendo un estudiante modelo, pues en esa situación de hijo único gozaba de una habitación propia y de una mesa propia, con un cajón para mí solo, donde no me costaba trabajo estudiar. El chico de la granada de mano («mi casa es de mucho lujo») era hijo único, lo que se percibía en su modo de vestir y de hablar y de andar y de sentarse. En aquella época el hijo único era una rareza, pero tampoco eran comunes las familias de nueve. Entre nueve y uno había estados intermedios que también exploré fantásticamente, aunque el hecho de tener que elegir a qué hermanos liquidar y a cuáles no me creaba enormes problemas de conciencia. Cuando la culpa alcanzaba un nivel insoportable, le daba la vuelta a la situación e imaginaba que yo era el único de mis hermanos que no había nacido (una boca menos era una boca menos). Entonces me pensaba a mí mismo sin nacer, llevando una existencia fantasmal dentro de la familia. Me levantaba con ellos, iba al colegio con ellos, comía con ellos, pero desde una condición en la que los dramas familiares no me afectaban porque no había nacido. Mi hermano mayor y mi padre empezaron a tener por entonces discusiones muy violentas que me proporcionaban más pánico, si cabe, que las peleas entre mi padre y mi madre. Pero cuando lograba convencerme de que no había nacido, aquellas situaciones me daban igual. Las contemplaba con una neutralidad que ahora, con la perspectiva que da el tiempo, me parece una neutralidad atroz, aunque normal en alguien sin nacer.

Con el tiempo, buscando las sucesivas variantes de esta idea, imaginé la historia de un matrimonio que había tenido un hijo y no había tenido ocho. De alguna manera que entonces me pareció verosímil, lograba que los ocho hijos que no habían nacido guardaran alguna relación entre sí y con el que había nacido. Creé de este modo una familia con nueve hijos, ocho de los cuales carecían de existencia, lo que resultaba muy beneficioso desde el punto de vista de la economía.

Recuerdo haber leído, en el *Selecciones* también, la historia de un tipo que un día, al volver del trabajo, sufre en medio de la calle un ataque de amnesia y olvida quién es. El hombre no lleva la documentación encima, por lo que acude, para solicitar ayuda, a una comisaría donde, tras un breve interrogatorio que no proporciona ningún resultado, lo conducen a un lugar lleno de gente con el mismo problema. Se trata de una especie de barrio por el que las personas deambulan sin saber quiénes son. Fuera de eso, llevan una vida normal, con intercambios económicos y sentimentales que reproducen el mundo del que proceden. En un momento dado el protagonista del relato recupera la memoria, pero no se lo dice a nadie, pues ha observado que a quienes la recuperan los dan de alta y los llevan al mundo anterior (y exterior), que era más áspero que el actual. Desde esta situación, en seguida descubre que hay más gente que finge continuar amnésica para no hacerse cargo de las servidumbres de su vida pasada. Me identifiqué mucho con aquel personaje, pues también para mí habría sido un privilegio olvidarme de quién era. Más de una vez, al pasar cerca de una comisaría, estuve a punto de entrar y decir que había perdido la memoria, pero me faltó valor.

Hubo todavía otro relato, también relacionado con la paternidad, que me marcó profundamente. Empezaba con la historia de un individuo que ha perdido a su único hijo en un accidente y cuya esposa ha enloquecido de dolor hasta el punto de acabar en el psiquiátrico. Un día, en el restaurante cercano a su trabajo, donde suele comer solo, se acerca a saludarlo una chica que se presenta como la novia del hijo muerto. El hombre tenía un conocimiento vago de la existencia de aquella joven por la que, dadas las relaciones más bien distantes que guardaba con su hijo, no había mostrado ningún interés. Ahora, al verla delante de sí, la identifica con una de las presencias dolorosas que le habían llamado la atención en el entierro y de la que más tarde, al ordenar las pertenencias del difunto, encontraría varias fotos con las que no supo qué hacer. El autor del relato, que describía profusamente el aspecto de la chica, decía de ella que tenía una nariz aguileña, por lo que busqué esta palabra en el diccionario, resultando significar «del águila o con algunas características de este animal». Al principio me costaba imaginar a una mujer con la nariz aguileña hasta que descubrí que precisamente la de mi madre era de este tipo. Entonces admiré la pertinencia con la que estaba utilizado el término, aunque siempre que recuerdo al personaje de aquel relato me viene a la memoria como si tuviera no sólo la nariz, sino todo el rostro de águila, quizá porque de los ojos decía el narrador que eran pequeños y perspicaces (también tuve que buscar esta palabra, perspicaz). El resto de la descripción proporcionaba la imagen de una chica voluntariosa, pero desvalida también, desamparada, sola... Estas contradicciones funcionaban increíblemente bien, pues trasmitían una imagen moral compleja de la que el lector quedaba prendido.

Y no sólo el lector, sino el protagonista de la novela, el padre del difunto, que invitaba a la chica a sentarse a tomar un café. La conversación con ella le da una idea de la magnitud del desencuentro permanente que había vivido con su hijo. En realidad no sabía nada de él, pero a través de su novia descubre a un joven lleno de vida, de intereses, repleto de inquietudes que en cierto modo le recuerdan las de su propia juventud. Siente entonces una nostalgia brutal de aquel hijo, lamentando no haberse acercado a él en vida y, antes de que la joven se despida, la invita a ir un día a su casa para recoger las fotos que de ella había allí y elegir, como recuerdo, algún objeto del que fuera su novio.

Pocos días más tarde, tal como habían quedado, la chica acude al domicilio del padre de su novio. Recuerdo aquel encuentro como si hubiera estado presente en él. Todavía puedo ver el vestíbulo de la casa del hombre, amueblado con «elegancia y rigor» (así se describía). Puedo ver el pasillo por el que el hombre maduro y la joven avanzan en dirección a una especie de biblioteca donde él ha dispuesto las pertenencias de su hijo para que la chica elija la que más le guste. Veo, como si lo tuviera delante de los ojos, el sillón orejero forrado en piel y las vitrinas con los libros ordenados por materias al otro lado del cristal. Veo la tensión sexual que hay en el ambiente como si la padeciera yo, como si yo fuera al mismo tiempo el hombre y la mujer. Yo la habría abordado, habría abordado sexualmente a la chica, sin ninguna duda, pero el personaje de la novela no, decepcionando de este modo al lector, que espera que lo haga. Comprendí que se trataba de una decepción estratégica y que la literatura, como leería años más tarde, era una «espera decepcionada» (la misma definición que da Bergson del humor). Lo mejor de la novela era que a partir de entonces el hombre comienza a velar por la chica sin que ésta se entere de que tiene un ángel de la guarda. A mí me habría gustado que alguien velara por mí de aquel modo.

Todo este mundo imaginario me alejó aún más de los estudios y de la realidad, pero me permitió llevar una doble vida, pues ahora era lector como antes había sido agente de la Interpol: de forma clandestina, y ese secreto me aliviaba de las penalidades de mi existencia oficial. Así llegó el verano y con él una abundante cosecha de suspensos, por lo que mis padres me matricularon en la misma academia de nuestra calle en la que Luz estudiaba mecanografía y taquigrafía. Fue entonces cuando averigüé que tales enseñanzas formaban parte de unos estudios más amplios (Secretariado) en los que había una materia —hecha de retales de las asignaturas del colegio— llamada Cultura General. Gracias a ella Luz y yo empezamos a coincidir en las clases de gramática, una de cuyas actividades principales era el dictado.

Milagrosamente, el profesor me colocó a su lado, en un banco de las últimas filas que parecía un híbrido entre mesa y pupitre. Yo llevaba pantalón corto y Luz falda. Mientras escribíamos, mi pierna izquierda y su derecha se aproximaban y permanecían juntas, en una suerte de caricia prolongada, sin que nada, por encima del mueble híbrido, delatara esta actividad subterránea. Actuábamos como si la parte inferior del cuerpo fuera autónoma respecto a la superior. Por arriba sucedían unas cosas y por abajo otras, así de simple.

Y así de complicado también, pues cuando en los descansos me acercaba a Luz, esperando reconocer en sus ojos o en sus labios la pasión que evidenciaban sus piernas, sólo encontraba indiferencia, cuando no un grado de hostilidad indudable. Me trataba con cierto desprecio, como a un crío pequeño. Llegué a pensar que su cabeza no era consciente de lo que hacían sus extremidades, lo que tampoco resultaba excepcional en un mundo tan compartimentado como el nuestro, un mundo en el que siempre había una vida oculta en el interior de la manifiesta. Comprendí oscuramente que la realidad estaba dividida en dos mitades (una de ellas invisible) que, pese a ser complementarias, estaban condenadas a no encontrarse.

Fue un verano raro, dominado por la extrañeza que me produjo esta división corporal (y sentimental) de la existencia. Era como si nuestras sombras se amasen y nuestros cuerpos se ignoraran. ¿Sería posible una situación semejante? Por las noches, en la cama, imaginaba que mi sombra y la de Luz se encontraban a escondidas en algún callejón del barrio, bajo aquellos faroles de gas que proporcionaban al mundo una dimensión moral inexplicable, y se amaban locamente con todo su cuerpo y no sólo con la mitad de él. El relato fue creciendo noche a noche, insomnio a insomnio, dentro de mi cabeza, hasta alcanzar un punto de delirio en el que nuestras sombras se casaban y tenían hijos. Y así ocurrió, en cierto modo, pues cuanto más se acercaban nuestras piernas más alejados estaban nuestros rostros. Más tarde, siempre que pensaba en Luz, imaginaba a su sombra y a la mía llevando una vida feliz y oculta en algún sótano de la ciudad, con sus hijos y nietos, protegidos por una red familiar que comenzó a tejerse entonces.

Un día, hace tres o cuatro años, estaba firmando en la Feria del Libro de Madrid, cuando se acercó una señora (digo «señora» en el peor sentido de la palabra) y me pidió que le dedicara un título.

—¿Para quién es? —pregunté.

—Para Luz —dijo.

Yo escribí la fórmula habitual («con mi sincero afecto» o algo semejante) y se lo devolví.

—¿No me has reconocido? —añadió ella entonces.

La observé y supe al instante, como en una revelación, que se trataba de la Luz de aquellos años, aunque ni en su cuerpo ni en su mirada quedaba nada de ella. Le faltaba un diente, a cuya oquedad, mientras hablábamos, se dirigían una y otra vez mis ojos de manera fatal. Pero a ella no parecía importarle, no era consciente de aquella ausencia ni de su desaliño general. Me contó que se había casado con un idiota del barrio del que me dio pelos y señales hasta que fingí saber de quién me hablaba. Luego, tras una pausa algo dramática, recordó los roces de nuestras piernas durante los dictados. Le rogué que se callara porque me parecía una profanación que viniera a reconocer con tantos años de retraso lo que había sucedido debajo del pupitre (en la otra mitad de la realidad o del mundo).

—Cállate —le pedí.

—Pues me callo —dijo ella con un punto de insensibilidad atroz. Luego, como había un grupo de personas aguardando su turno, anunció que se mar-

193

chaba no sin antes preguntar si tenía que pagar el libro o se lo regalaba.

—Te lo regalo —dije haciendo una seña al librero.

La vi alejarse, bamboleándose un poco, como si tuviera un problema de caderas. Busqué en el suelo su sombra, pero no se la encontré, pese a que hacía mucho sol. Al llegar a casa, me encerré en el cuarto de baño y lloré no por Luz ni por mí, sino por las células. Eso es lo que me dije absurdamente frente al espejo. Lloro por todas y cada una de las células del cuerpo humano. Lo dije con la convicción de que la célula, en biología, es la unidad fundamental de los seres vivos; con el conocimiento de que está dotada de cierta individualidad funcional; con la conciencia de que sólo es visible al microscopio.

Y mientras el mundo de las sombras, o de las células, se organizaba a su manera, el mundo de la realidad evolucionaba hacia el desastre, pues tampoco en septiembre aprobé nada de lo suspendido en junio.

Entonces ocurrió algo que cambió mi vida. Como sucede en las catástrofes históricas (y en las grandes migrañas), todo empezó con un aura, con un rumor, con un movimiento telúrico apenas apreciable en la zona alta de la realidad. Unos meses antes, al otro lado de López de Hoyos (en Mantuano esquina a Pradillo), se había abierto una academia especializada en repetidores cuyos métodos, según decían, había hecho milagros en los exámenes de septiembre. Enterados mis padres, decidieron matricularme en ese

194

centro cuyo propietario y director era un cura (el padre Braulio) de enorme barriga y rostro hinchado, recorrido por infinidad de líneas rojas y violetas que evocaban el abdomen de algunos insectos, un rostro que he vuelto a distinguir a lo largo de la vida en algún tipo de alcohólico, no en todos. Cuando fuimos mi madre y yo a verlo, nos recibió en medio de la calle y nos habló con las manos metidas en los bolsillos de la sotana, mostrando exageradamente la barriga, como si estuviera orgulloso de su volumen. Había en su actitud un punto de grosería consciente, una brutalidad intencionada. Tras intercambiar unas palabras con mi madre me observó de arriba abajo, como a una mercancía, y emitió un veredicto incomprensible:

—Tiene buen corte.

Lo diré rápido: aquello no era una academia, era un centro de tortura. El padre Braulio tenía dos secuaces —una mujer y un hombre— cuyos nombres no recuerdo: la mujer daba matemáticas y francés, creo; el hombre, el resto de las asignaturas. Bastaba cometer la mínima falta para que te pegaran, juntos o por separado. Los tres disponían de diversos elementos de tortura colocados amenazadoramente sobre su mesa. El más doloroso y degradante, al menos para mí, era una vara larga y flexible con la que, una vez puesto de rodillas, de cara a la pared y con los brazos en cruz, te azotaban los muslos y las nalgas. Yo me moría de vergüenza cuando me pegaba la mujer y de rabia cuando me pegaban el cura o el hombre. El dolor físico, atroz, se trasformaba, apenas regresaba al pupitre, en un malestar moral que me acompañaba todo el día. Y aunque intentaba no llorar, siempre acababa moqueando como un bebé, igual que el resto de mis compañeros, incluidos los más duros. Entre las formas de tortura aplicadas por la mujer, había una consistente en tirarte de las orejas hasta llegar al límite del desgarramiento. No podías levantar las manos, para protegerte, porque aumentaba la presión. Lo hacía atrayendo la cabeza hacia su cuerpo, de manera que te obligaba a rozar tu rostro con sus tetas, que eran grandes y bien formadas.

Supe en seguida, aunque de un modo oscuro, que la academia era para aquellos tres pervertidos un burdel cuya tapadera era la enseñanza. Al evocar las escenas de tortura en medio de la noche, comprendía de manera confusa que la rara expresión de aquellos rostros, mientras se empleaban contra nuestros frágiles cuerpos, era de goce sexual, de éxtasis venéreo. Nosotros éramos quebrantables, delgados y llevábamos pantalones cortos. La mirada de nuestros torturadores se perdía frecuentemente, mientras nos azotaban, en la zona de los muslos donde terminaban aquellos pantalones. A veces, jugaban a la generosidad y te pedían que eligieras el modo de tortura, que escogieras, como el que dice, entre la horca o el fusilamiento. Tú estabas de pie, frente al cura o frente a la doña (a veces frente a los dos, pues no era raro que organizaran orgías colectivas) y tenías que elegir entre ponerte de rodillas con los brazos en cruz y recibir una serie de azotes en los muslos, u ofrecerles primero una mano y después la otra, con todos los dedos reunidos apuntando hacia arriba, para ser golpeado en ellos con una regla especial que proporcionaba un dolor infinito sin dejar señal alguna. En estas ocasiones se permitía que los compañeros del torturado le aconsejaran a gritos una forma u otra de martirio.

Las sesiones de tortura constituían verdaderas clases de iniciación al sexo, por lo que tampoco era difícil percibir entre los rostros de los compañeros un reflejo de la excitación de origen venéreo que advertíamos en los profesores. Por decirlo de un modo humorístico, allí se practicaba realmente la disciplina inglesa que como representación se lleva a cabo en los burdeles. Algunos días el padre Braulio aparecía en el colegio ciñendo la sotana con unas correas que formaban parte del hábito y que más tarde veríamos también en las películas pornográficas. Era, hablando en términos de lupanar, un amo. El castigo físico, frecuente en la época, lo había sufrido en el colegio Claret, pero no en el grado con el que lo padecí en este centro. Además, en el Claret era prerrogativa exclusiva del prefecto de disciplina, que quizá porque era menos barrigón que Braulio se saciaba antes.

Un día, después de una clase en la que la doña había estado especialmente cruel con un chico enfermizo, que rogaba a gritos, sin ninguna dignidad, que no le pegaran más, uno de mis compañeros dijo:

—Pues a mí se me pone dura cuando me maltrata la doña.

Hubo alguna risita destinada a ocultar la turbación provocada por aquella confidencia, pero nadie comentó nada. Nadie comentó nada, deduje años más tarde, en el diván, porque aquel chico había acertado a verbalizar lo que ocurría: que nos estaban iniciando de una forma inmunda en el goce venéreo.

Empecé a estudiar bajo aquella presión. Me convertí en un ejemplo deleznable de que la letra con sangre entra. Descubrí que memorizar un vocabulario de francés o una relación de capitales europeas resultaba sorprendentemente sencillo y me pareció increíble no haberme dado cuenta antes. Pero aunque estudiaba para que no me pegaran, continuaban pegándome. Siempre había alguna imperfección merecedora de castigo. Por otro lado, las torturas que aplicaban a los demás me dolían casi tanto como las que ejercían sobre mí, pues lo que se me hacía insoportable era la atmósfera de humillación general en la que vivíamos. Pasaba las noches en vela, atormentado por el recuerdo de lo que ocurriría al día siguiente, ya que cada jornada era idéntica a la anterior, con breves intervalos de paz que guardaban alguna relación, supongo, con el agotamiento sexual de nuestros mentores.

Los fines de semana eran espantosos, pues cuanto más larga era la tregua, mayor era el miedo a la recaída. Yo solía ir los domingos por la tarde a un cine de sesión continua de López de Hoyos donde ponían dos películas. En el descanso entre una y otra, si mi economía me lo permitía, me compraba un cigarrillo suelto —un LM— y me lo fumaba con expresión de héroe cinematográfico en los servicios de la sala. Cuando cuatro o cinco horas más tarde (veía dos veces la misma película, para narcotizarme) era vomitado por las fauces del cine a la realidad, el miedo se instalaba en mi estómago como un zorro en su guarida.

Entonces deambulaba por las calles estrechas del barrio, dando rodeos para retrasar el momento de llegar a casa, donde sólo quedaba cenar, acostarse y despertar para volver al infierno o para que el infierno regresara a ti. Aunque intentaba guardar la entereza de los héroes de las películas, a medida que se acercaba la hora de la cena familiar el zorro agazapado en mis intestinos se revolvía y me arañaba y me obligaba a correr para entrar en el cuarto de baño, donde intentaba expulsarlo inútilmente por el culo.

Por aquellos días, un clavo de la suela de mi zapato derecho se había desplazado de sitio y me hería en la planta del pie al caminar. Se trataba de un problema bastante común en el calzado de la época y su arreglo era muy sencillo, pero yo llevaba semanas alimentando aquella herida con la esperanza de que me atacara el tétanos, para morirme. Caminaba, pues, cargando el peso del cuerpo en ese lado, apretando los dientes para soportar el dolor de la tachuela, que era un dolor dulce porque me iba a sacar de la academia, me iba a sacar del barrio, de la familia, de la vida. Por las noches, cuando me quitaba el áspero calcetín, veía la sangre coagulada, asombrado de aquella capacidad del cuerpo para producir líquidos. Me gustaba hurgar en la herida abierta que, milagrosamente, ni siquiera se infectó.

Qué difícil era morirse. Y qué fácil al mismo tiempo. Cada poco saltaba la noticia de que una familia entera se había ido al otro barrio por culpa de la mala combustión de un brasero como el que teníamos nosotros debajo de la mesa camilla. La llamaban la muerte dulce porque te quedabas dormido y pasabas de un lado a otro sin darte cuenta. Yo removía a veces las ascuas del brasero con el hierro de atizar la lumbre, preguntándome de qué dependería aquella emisión de gases salvadora, pero no ocurrió nada. Había otras formas de suicidio (arrojarse por la ventana de un piso alto, por ejemplo), pero ¿cómo reunir el valor preciso para llevarlas a cabo?

¿No eran conscientes mis padres de lo que sucedía en aquella academia? Mis padres vivían en otro mundo. Quizá lo sabían y les parecía bien. O no les parecía bien y miraban hacia otro lado, pues bastantes complicaciones tenían para sacar adelante a nueve hijos en aquellos años difíciles. Yo, por otra parte, no decía nada porque me habría dado una vergüenza atroz confesar aquellas torturas. Qué mecanismo psicológico tan raro, y tan común, el que provoca el sentimiento de culpa y de pudor en la víctima y no en el verdugo.

Una de aquellas atroces tardes de domingo tomé la decisión de no ir al día siguiente a la academia. Recuerdo aquel lunes como un conjunto de escenas de una película cuyo actor era yo. Me levanté con el cuerpo aterido, lo que era habitual, desayuné con el resto de mis hermanos (un confuso conjunto de sombras), me crucé la bufanda sobre el pecho, la sujeté con la chaqueta (una chaqueta heredada, que hacía también las veces de abrigo) y salí a la calle to-

mando la dirección opuesta a la del colegio. Caminaba pegado a la pared, como un prófugo, temiendo
encontrarme con algún compañero o algún adulto
que me hicieran desistir de aquella rara decisión,
pues yo no era así, yo no era tan valiente, yo no había
hecho novillos en la vida, aquello no formaba parte
del repertorio de acciones que era capaz de llevar a
cabo. Se trataba además de una decisión sin horizonte, pues qué pasaría cuando se dieran cuenta en la
academia, cuando se lo comunicaran a mis padres,
qué pasaría al día siguiente y al día siguiente del día
siguiente... No creo que entonces conociera la expresión «huida hacia delante», pero aquello era una
fuga de este tipo.

De modo que ahí estoy, con mis pantalones cortos
y mis calcetines largos. Me he levantado las solapas de
la chaqueta heredada, para ofrecer mayor resistencia
al frío. Llevo unos guantes de lana rotos, por cuyos
extremos asoma la punta de los dedos y cargo a la espalda con una mochila que ha hecho mi padre en su
taller, una mochila que fue el regalo de Reyes del año
pasado. Tiene remaches por todas partes. Los agujeros de las correas están hechos con una herramienta
llamada sacabocados que a la muerte de mi padre llegó casualmente a mis manos. Sacabocados, parece el
nombre de un personaje de cuento infantil. Un día
estuve haciendo agujeros con ella en un cinturón de
piel toda la tarde, lo que me proporcionaba un placer absurdo, semejante al de reventar burbujas. Tengo la herramienta ahí, guardada en un cajón situado
encima del receptáculo donde conservo las cenizas

de mis padres, de quienes eran mis padres aquel lunes en el que yo salí a la calle y tomé la dirección que no era. Cojeaba al revés, cargando el peso del cuerpo sobre la pierna mala, sobre el pie herido por el clavo de la suela del zapato, el clavo que tenía que haber acabado conmigo, pues decir tétanos era decir muerte.

Aunque ha pasado tanto tiempo, continúo corriendo calle abajo para huir de la vergüenza que me producían las palizas de la academia. Escribo estas líneas a la misma hora, más o menos, de la huida. Mientras el cursor de la pantalla se mueve de manera nerviosa (porque escribo deprisa, escribo como huyo, con la cabeza agachada y una expresión de sufrimiento infinito en el rostro), suena una música de violín (Bach) que he puesto en el reproductor de música. Habitualmente no escribo con música, porque me distrae, pero hoy la he puesto porque no me sentía con fuerzas para contar la historia de aquel lunes. La he puesto para que me distrajera, pero en lugar de eso está marcando el ritmo con el que golpeo las teclas, que suenan bajo mis dedos como las gotas de agua que empezaron a caer aquel lunes por la mañana sobre la calle, al poco de que emprendiera mi huida. Suenan como los clavos sobre el ataúd. Tuve que detenerme debajo de una cornisa por culpa de la lluvia y desde allí observé a la gente apresurarse. Había algún paraguas, no muchos, porque el paraguas era un artículo de lujo en aquella época, en aquel barrio al menos. De modo que escucho a Bach y oigo al mismo tiempo las gotas de lluvia, unas gotas muy gruesas que golpeaban contra el empedrado irregular de la calle, todo ello al ritmo con el que las yemas de mis dedos caen ahora sobre el empedrado del ordenador, fingiendo escribir, cuando en realidad están clavando los clavos de un ataúd en el que pretendo encerrar definitivamente aquellos años, los clavos de un libro que debería tener la forma de un féretro. Cuando lo acabe, cuando acabe este libro, o este sarcófago, arrojaré las cenizas de mis padres al mar y me desprenderé a la vez de los restos de mí mismo, de los detritos de aquel crío al que hemos abandonado debajo de una cornisa, con sus pantalones cortos, sus calcetines largos, su angustia masiva, su falta de futuro, un crío con toda su muerte a las espaldas. Un crío que me produce más rabia que lástima porque no me pertenece. Es imposible que este hombre mayor que escucha a Bach mientras golpea con furia el teclado del ordenador haya salido de aquel muchacho sin futuro. Podría presumir de haberme hecho a mí mismo y todo eso, pero lo cierto es que resulta imposible entender lo que soy a partir de lo que fui. O soy irreal yo o es irreal aquél. Me viene a la memoria la escena de *Blade Runner* en la que los replicantes observan las fotos de sus padres falsos, de sus hermanos falsos, de sus abuelos falsos, al tiempo que construyen una historia familiar falsa (todas lo son). Sospecho desde hace algún tiempo que todos nosotros, también usted, lector, somos replicantes que ignoramos nuestra condición. Nos han dotado de unos recuerdos falsos, de una biografía artificial, para que no nos demos cuenta de la simulación. En el reparto, me ha tocado la infancia de aquel niño al que hemos abandonado debajo de una cornisa, en los primeros y últimos novillos de su vida.

Lo misterioso es que ocurren las dos cosas a la vez. Estoy aquí escribiendo, con Bach al fondo, y estoy allí, debajo de la cornisa, observando la lluvia. A veces, sucede una cosa después de otra, pero en el orden que no es: primero soy mayor y estoy escuchando a Bach, y luego soy pequeño y me muero de frío debajo de la cornisa. El orden cronológico, por lo que a mí respecta, es tan arbitrario como el alfabético: una convención que en mi cabeza no funciona todos los días. Hoy no funciona. Por eso estoy aquí y allí de forma simultánea. Allí, para no llamar la atención, me he puesto a caminar debajo de las cornisas. De tanto en tanto, los días de lluvia, las cornisas se desprenden y matan a alguien. Si no funciona el clavo del zapato, si tampoco funciona el brasero, que funcione al menos la cornisa. Miro hacia arriba y veo un edificio húmedo, de ladrillo gastado y sucio, como la pared de un patio interior. Así era mi barrio entonces, como un patio interior, un patio interior por el que me muevo como un ratón ciego por un laberinto, buscando refugio en los portales.

Si me mojo, podría morirme de una pulmonía, pero les daré una oportunidad más a las cornisas. Si no se desprende ninguna, me mojaré. Cuento cien pasos buscando las casas más deterioradas, con los remates en peor situación. Después de esos cien, cuento otros cien más y luego otros cien (siempre hago los ritos en series de tres). Pero no pasa nada. Sigo vivo, vivo y sufriente. Entonces salgo a la calzada y comienzo a caminar debajo de la lluvia. Era noviembre, quizá primeros de diciembre, como ahora, mientras escribo este capítulo atrapado en el desorden cronológico. El agua caía helada y empapaba cruelmente la chaqueta. Algunas gotas se colaban por el cuello y bajaban por las paredes del patio interior de mi cuerpo. Todo era patio interior en aquel mundo, incluida mi espalda.

Atravesé el descampado donde hoy se encuentran las calles de Clara del Rey y Corazón de María y me dirigí hacia las cercanías del colegio Claret, donde había estudiado, es un decir, hasta el curso anterior. Tenía la esperanza de encontrar abierta la puerta del patio para colarme desde él en la iglesia, pero estaban todos los accesos cerrados, parecía una fortaleza. Vi las ventanas de las clases con las luces encendidas, pues la mañana estaba tan oscura que parecía la tarde. Entonces se me ocurrió buscar refugio en la parroquia, de modo que subí por Cartagena hacia López de Hoyos. Había comprendido que tampoco iba a ser sencillo matarse de aquel modo. De hecho, no podía mojarme más de lo que ya estaba. Ni podía tener más frío. No me era posible sufrir más. Lloraba de tanto sufrimiento, sorprendido de que las lágrimas y las gotas de lluvia se confundieran. La gente me miraba.

Estuve sentado en un banco de la parroquia una hora, quizá dos, no sé. Quizá estuve un cuarto de hora que parecieron siete. No tenía reloj. Los niños, en aquella época, preguntábamos la hora a los adultos, pero temía que si preguntaba la hora se extrañaran de que no estuviera en el colegio. Recé a Dios, a la Virgen, a los santos. Me arrodillé frente a un crucifijo extrañamente realista al que le pedí que hiciera algo para dar fin a aquella situación. Recuerdo, en medio de un contexto tan trágico, haberme preguntado irónicamente que a quién se me ocurría pedir ayuda: a un sujeto al que habían azotado, escupido y crucificado. Y eso que era hijo de Dios. Intuí que había en la situación algo cómico, pero lo censuré en seguida.

Luego anduve por esa red de calles que había alrededor del mercado, peligrosamente cerca de la academia. ¿Y si me presentara allí con toda naturalidad? Me he dormido, diría. ¿Se atreverían a pegar a un niño con las ropas mojadas, con el pelo chorreando, con todo el cuerpo temblando de frío y miedo? Quizá les diera pena. Pero la pena, ya lo había comprobado, excitaba más a nuestros torturadores.

Finalmente, mis pies decidieron volver a casa sin encontrar demasiada resistencia en mi cabeza. Mi madre, al verme entrar, preguntó espantada que de dónde venía:

—No he ido a la academia —dije sorbiéndome los mocos y las lágrimas y el agua de la lluvia.

—¿Por qué?

—Porque me pegan.

Mamá me quitó la ropa, me envolvió en una manta y me secó el pelo con una toalla. Luego me dio una taza de algo caliente y encendió el brasero de la mesa camilla, a la que estuve sentado el resto de la mañana. En un momento dado apareció con el calcetín lleno de sangre coagulada.

—¿Qué es esto? —dijo.

—Nada —dije yo.

Me pidió que le enseñara el pie.

—¿Por qué no has dicho nada? —preguntó al ver la herida.

—Para que me diera el tétanos —dije y me puse a llorar.

Cuando me calmé, aseguró que hablaría con el padre Braulio, para que no me volvieran a pegar. Había en su voz un tono de condescendencia, como si yo exagerara o fuera demasiado sensible. Comprendí que aquello sólo era una tregua y tuve más miedo que antes.

Me habría gustado soñar este capítulo, escribirlo bajo hipnosis. Me lo he llevado días y días a la cama, dentro de la cabeza, para ver si lograba que atravesáramos juntos la frontera de la vigilia. Pero los guardianes del sueño lo detectaban al atravesar el arco de seguridad, como los vigilantes del aeropuerto detectaron en su día las cenizas de mis padres, y me lo arrebataban. No he podido soñarlo, en fin. Pero tampoco podía dejar de escribirlo. Me pongo a ello ahora. Son las cuatro de la madrugada y acaba de despertarme el timbre de la puerta. He bajado a abrir con precipitación, pensando que Alejandro o Juan habían salido de casa sin la llave, pero, como en otras ocasiones, el timbre sólo había sonado dentro de mi cabeza.

La casa, a estas horas, parece otra, quizá «la otra», la que hay oculta dentro de ella, su inconsciente. Es idéntica y distinta a la del día, como si fuera la casa que hay al otro lado del espejo grande que tenemos en el salón. Todo adquiere un significado diferente a estas horas, todo da miedo. También yo me doy miedo. ¿Por qué este sueño repetido de que el timbre suena en medio de la noche? ¿Por qué no soy capaz, al despertarme, de distinguir si ha sonado dentro o fuera de mi cabeza? ¿Acaso espero a alguien que no llega? En todo caso, sé que no volveré a dormirme, de modo que me pongo sobre el pijama un albornoz de baño y sin hacer ruido, para no despertar a Isabel, subo a la buhardilla. Mientras el ordenador se pone en marcha, observo con pánico los libros. Algunos, sobre todo los de poesía, llevan conmigo desde la adolescencia. Me han acompañado a lo largo de la vida de una casa a otra, hemos crecido juntos. Sus páginas dejan un tacto raro en la yema de los dedos porque están hechas de una pasta química que envejece mal. Quizá si pusiera un poco de música lograría aliviar la tensión. Pero la música no me dejaría escuchar los ruidos que salen de las habitaciones (de las habitaciones de mi cabeza) a estas horas en las que todo es excéntrico respecto a la norma.

Mi madre, lógicamente, debió de relatar el suceso de los novillos a mi padre. Pero éste no me dijo nada, quizá por indicación de ella. Sí noté que durante los siguientes días me observó con algo de piedad, de lástima, quizá de angustia, como si me considerara inhábil para la vida o se preguntara, al mirarme, qué iba a ser de mí con aquella sensibilidad enfermiza. Esto mismo me preguntaba yo, qué iba a ser de mí, pues si los primeros días después de este episodio los profesores me trataron como si fuera invisible (lo que constituía otro modo de tortura), poco a poco fui apareciendo de nuevo en su campo de visión y volvieron los malos tratos.

Un día mi madre me preguntó qué tal iban las cosas en la academia. Le dije que iban bien porque no soportaba la humillación de reconocer de nuevo que me pegaban, pero lo cierto era que sí, que habían vuelto donde solían, de modo que todos los días de mi vida me acostaba soñando con no despertar. Pero me despertaba para entrar en una vigilia alucinada, una vigilia en la que todo adquiría una relevancia especial, como la que debe adquirir el mundo para el condenado a muerte, mientras camina hacia el cadalso. Si durante el desayuno se posaba una mosca sobre el mantel, yo veía los movimientos de la mosca como a través de una lupa. Si se precipitaba una gota de leche al suelo, a mí me era dado observar la caída a cámara lenta. Si me cruzaba con un ciego por la calle, se me quedaban anormalmente grabados los movimientos de la punta de su bastón sobre el empedrado. Cuando llegaba a clase, tenía la cabeza llena de imágenes absurdas —la mosca, la gota de leche, la punta del bastón— que sin embargo funcionaban como un extraño modo de defensa frente a aquella realidad hostil. Había aceptado como algo irremediable que aquel curso lo pasaría en la academia, por lo que puse todas mis energías en encontrar el modo de librarme de ella al siguiente. Si no lo lograba, me suicidaría durante el verano.

Por aquellos días vino a vernos el hermano pequeño de mi madre, que era misionero y estaba destinado en África. Merendó con nosotros, nos hizo unos juegos de manos con cartas y monedas y desapareció. Esa noche le oí decir a mi madre que lo más grande que podía sucederle a una mujer era tener un hijo sacerdote (y misionero). Ya se lo había escuchado otras veces, pero en aquella ocasión adquirió un significado especial (como las moscas, las gotas de leche, los bastones de ciego). De súbito, vi una grieta por la que escapar de la academia, de la calle, de la familia, de la vida. No obstante, me tomé mi tiempo, de un lado para que no se notara que se trataba de una fuga; de otro, supongo, porque necesitaba digerirme como sacerdote. Nunca había tenido fantasías muy concretas sobre mi futuro y entre ellas no figuraba desde luego la de entregar mi vida a Dios. Pero si ingresaba en la orden del tío Camilo (los Oblatos del Corazón de María), quizá acabara también en África o en Sudamérica, lo que en cierto modo era estudiar para aventurero.

Comuniqué la decisión a mi padre (intentando darle el trato de una «conversación entre hombres») un día que se encontraba enfermo, lo que resultaba excepcional. Creo que fue la primera vez que lo vi postrado en la cama con fiebre. Había cogido una neumonía por ir en la vespa sin ponerse periódicos debajo de la chaqueta. Yo acababa de volver de la academia y era de noche, pues estábamos en pleno invierno. Me senté a los pies de la cama, como para hacerle un poco de compañía, y esperé a que salieran de mi boca las palabras que llevaba semanas preparando.

—Papá, quiero ser misionero, como el tío Camilo —me oí decir de súbito, mucho antes de lo previsto.

Mi padre se quitó el paño húmedo que tenía en la frente y se incorporó un poco.

—¿Qué dices?

—Que quiero ser misionero. Como el tío Camilo.

Mi padre era religioso en un sentido más profundo que mi madre. Alternaba la lectura de publicaciones técnicas con la de la Biblia, obteniendo de ambas misteriosos beneficios espirituales. Nunca supe lo que pasaba por su cabeza, quizá ningún hijo lo sepa. Tampoco él sabía lo que pasaba por la mía. De hecho, parecía desconcertado.

—¿Estás seguro? —acertó a preguntar.

—Sí —dije y en ese momento se fue la luz, como el día en el que solicité a Mateo, el padre del Vitaminas, mi ingreso en la Interpol. Quizá no era muy distinta una iniciativa de la otra.

Al poco llegó mi madre con una vela encendida que colocó sobre la mesilla de noche. Tras suspirar, se sentó al pie de la cama, en el lado contrario al mío. La escena adquirió unos tonos algo sombríos. La llama de la vela se reflejaba en el espejo del cuerpo central del armario del dormitorio. Todo el mundo tiene un espejo de referencia, un espejo que le gustaría atravesar para llegar al otro lado de la vida. El mío era éste. Quizá lo sea aún. Cuando me ponía enfermo y me permitían pasar el día en la cama de mis padres, fantaseaba durante horas con esa posibilidad. Creo que aquel día lo atravesé limpiamente, a la luz de la vela.

—¿Sabes lo que me acaba de decir tu hijo? —dijo mi padre con un punto de emoción (y de fiebre, claro).

—¿Qué?

—Que quiere ser misionero. Como tu hermano.

A partir de ese instante la escena empezó a discurrir al otro lado del espejo. Allí estábamos mi padre, mi madre, yo y el pabilo prendido de la vela, que daba una luz fantasmal al conjunto. Mamá se levantó y me abrazó emocionada.

—¿Cómo es eso? —dijo.

—Lo he pensado —dije yo.

—¿Y cuando te gusten las chicas? —preguntó ella.

—Ya me gustan —respondí yo.

Creo que ellos no se dieron cuenta de que la escena, lúgubre por la naturaleza de la luz que la alumbraba, sucedía al otro lado del espejo, al otro lado de la vida. Yo sí, yo sabía que misteriosamente habíamos atravesado la frontera. Yo supe que el resto de la vida transcurriría en ese lado falso que sin embargo me ponía a salvo de todo. Tardaría años en regresar de él, en construirme una vida real. Cuando a lo largo de mi análisis salía a relucir esta escena (y salió mil y una veces, como si hubiera sucedido también a lo largo de mil y una noches), siempre me quedaba con la impresión de que había ocurrido en ella algo que entonces no capté (el día que di con ello fui devuelto bruscamente a este lado del espejo), y lo que entonces no capté fue que mi madre supo desde el primer momento que aquello era una fuga. ¿Cómo no lo iba a advertir si lo sabía todo? ¿Por qué entonces no hizo nada para evitarlo? ¿Por qué entró conmigo en una complicidad que no le había solicitado? Quizá porque tampoco a ella se le ocurría otro modo de arreglar las cosas. Quizá porque comprendía oscuramente que teníamos que separarnos. Un día, al salir de la consulta de mi psicoanalista y para digerir antes de volver a casa algo que acababa de descubrir en el diván, me metí en una cafetería donde sonaba un bolero. Sentado a la barra, frente a una copa de coñá, comprendí como en una revelación que la receptora de ese género popular dedicado a los amores imposibles, desgraciados, quiméricos, jamás es la mujer: es la madre.

El resto fueron trámites. Se habló con mi tío. Se escribió a quien correspondía solicitando mi admisión en el seminario. Hubo una espera un poco angustiosa provocada por mi deficiente currículo académico. Pero se les hizo saber que me había trasformado de repente en un estudiante ejemplar, lo que venía a ser un modo de conversión en un mundo que tanto valoraba la figura del hijo pródigo. Finalmente me citaron para el siguiente curso, que empezaría en septiembre. La fuga estaba prácticamente consumada. Pasé los meses siguientes fantaseando acerca de un futuro cuyo dato principal sería el desarraigo, la separación, la pérdida, valores que aún tenían connotaciones literarias. Me convertiría en uno de aquellos héroes de las películas que veía en el cine López de Hoyos, un tipo de ninguna parte que huía de un pasado cruel (y si quieren saber de mi pasado, es preciso decir una mentira). Me acostumbré a ver todo lo que sucedía en la academia como si ya hubiera ocurrido, pues pasaba más tiempo de mi vida en el futuro que en el presente. En ese futuro, vivía en medio de la selva, ocupándome de la construcción de vidas ajenas, pues aunque la mía había quedado inconclusa, tampoco disponía de materiales para continuar edificándola. Pensaba a menudo en María José e imaginaba que de mayor, por alguna circunstancia especial, me convertía en su director espiritual.

Pasó un siglo hasta que llegó el mes de junio. La academia no tenía capacidad para calificar a sus alumnos, por lo que nos examinábamos «por libre», en el instituto que correspondía a nuestro barrio. Obtuve unas notas excelentes y con ellas el pasaporte definitivo al seminario.

El verano fue desasosegante, pues a medida que se acercaba el momento de la partida un miedo que no había figurado entre mis cálculos se iba instalando en el estómago. Y aunque quería huir de mi familia, de mi barrio, de la academia, empecé a intuir que comenzar de nuevo no sería fácil. La información que tenía sobre los internados era muy escasa, pero sospechaba que eran espacios en los que no resultaba sencillo conquistar un lugar, ser alguien. Realizaba permanentemente ejercicios de visualización, imaginaba circunstancias, conversaciones, escenarios. Rezaba para que todo saliera bien, pues la idea de solicitar desesperadamente el regreso a las dos semanas de haberme ido me ponía los pelos de punta. Atrapado entre el deseo de huir y el pánico de llegar, averigüé que la mayoría de los compañeros del seminario procedían del medio rural, pues en aquella época la Iglesia se nutría de los vástagos más inteligentes de las familias más pobres. No imaginaba cómo se comportarían, cómo me mirarían, hasta qué punto yo sería allí, una vez más, un excéntrico. El estrés me hacía adelgazar y me provocaba dolores de cabeza. Mamá me llevó al médico y habló en un aparte con él. Luego nos dejó solos. El médico me preguntó si estaba preocupado por algo. Le respondí que no.

—Me ha dicho tu madre que en septiembre te vas al seminario. Si estás arrepentido, a mí puedes decírmelo.

—No estoy arrepentido —dije conteniendo el pánico.

Me recetó un complejo vitamínico. Era la primera vez que escuchaba aquella expresión, complejo vitamínico, y se me quedó grabada por extraña. La palabra «complejo», en mis redes lingüísticas, estaba asociada al término «inferioridad». Complejo de inferioridad. ¿Qué había visto en mí aquel médico para recomendarme tal medicina? Tomaba los comprimidos con ansia, deseando que se me quitara la inferioridad. Y así, entre unas cosas y otras, llegó el mes de septiembre.

Dio la casualidad de que unos días antes de la fecha señalada para mi viaje apareciera por casa un hermano de mi padre, el tío Francisco, que además era mi padrino. Vivía en Tánger y tenía entre nosotros el prestigio de los que residían en el extranjero (estamos hablando de una época en la que a lo más que se podía aspirar era a ser de otro sitio). Solía aparecer una vez a lo largo del verano con su mujer y sus hijas a bordo de un Mercedes. El coche constituía otro elemento de prestigio, pues era prácticamente el único que se veía a lo largo de toda la calle.

El tío Francisco era un tipo jovial, con una barbilla muy interesante, a la que no le faltaba el hoyuelo del que disfrutaban las de los grandes actores del cine norteamericano. Trasmitía una sensación de seguridad personal que tampoco era muy frecuente en nuestro mundo. Como el seminario se encontraba en un pueblo de Valladolid, a doscientos quilómetros de Madrid, se ofreció a llevarme en su coche. Mi única experiencia del tren era la del viaje entre Valencia y Madrid, que había resultado deprimente, por lo que se lo agradecí muchísimo. Era como dilatar unas horas la decisión. El único problema es que me tendría que dejar en el seminario un día antes de la llegada oficial, pero mi padre telefoneó y le dijeron que no había ningún problema.

Mamá preparó la maleta con la ropa que había estado marcando a lo largo de las últimas semanas. Se trataba de una maleta honda, gris, de tela, que tenía las esquinas reforzadas con una cantonera de metal (tal vez un añadido de mi padre). No sé de dónde había salido, ni qué fue de ella, pero ahora daría algo por asomarme a aquella hondura, por olerla, para ver si las cantidades de miedo que se depositaron en sus entrañas habían dejado algún rastro olfativo. Se decidió, ignoro con qué criterio, que nos acompañaría mi padre. De modo que ahí estamos, a la puerta de casa, cargando la maleta en el único automóvil que hay en la calle. Ahí estamos expuestos a las miradas de los vecinos. Ahí estoy yo con un nudo en la garganta, pero sin soltar una lágrima, despidiéndome apresuradamente de mis hermanos, de la calle, de mamá, que dilata incómodamente el beso y el abrazo. Cuando por fin arrancamos, lanzo una mirada a la tienda del padre del Vitaminas. Hace meses que no coincido en la calle con María José, como si se la hubiera tragado la tierra. De todos modos, cuando coincidíamos, uno de los dos cambiaba de acera o se metía por la primera bocacalle que le salía al paso. Durante los primeros minutos del viaje, mientras escucho la conversación entre mi padre y mi tío, me ataca una fantasía estimulante: Ya soy sacerdote, pero, en vez de en la selva, trabajo en una parroquia de Madrid. Un día, confesando, aparece María José al otro lado de la celosía y sin saber quién soy comienza a relatarme su vida, que es un desastre del que me propongo rescatarla. Cuando la fantasía comienza a excitarme sexualmente, me pregunto si habré cometido un pecado mortal y regreso a la realidad.

Del viaje recuerdo sobre todo una extensión de terreno desoladora. Siempre que he atravesado Castilla en coche a lo largo de mi vida se ha reproducido en un grado u otro la angustia que sentí entonces. También recuerdo que a medio camino nos paró la Guardia Civil. Un agente, sin duda impresionado por el coche, se limitó a decir a mi tío que había pasado un cambio de rasante por en medio de la carretera, que era muy estrecha. Mi tío se disculpó y el agente nos permitió continuar. Yo pregunté qué significaba «cambio de rasante» y mi tío me lo explicó con precisión. Años más tarde, en el examen teórico del carné de conducir, me tocó una pregunta relacionada con esta figura y la memoria reprodujo, mientras realizaba el test, aquella escena. Siempre se reproduce ante tal expresión.

Llegamos al seminario de noche, por lo que el rector sugirió a mi tío y a mi padre que cenaran antes de emprender el regreso. Mientras hablaban al pie del automóvil, vi la sombra de un caserón inmenso colocado en medio de la nada. La oscuridad que circundaba el edificio era tal que la luna y las estrellas adquirían un protagonismo que jamás antes, en mi vida, había observado.

La cena, llevada a cabo en un refectorio muy oscuro (quizá se había ido la luz y estábamos alumbrados por velas, aunque no podría jurarlo) fue un espanto, pues todo en ella conducía al instante en el que mi padre y mi tío me abandonarían en aquel lugar sombrío, inhóspito, tan ajeno a mi vida. El rector, que era cojo y muy delgado, calzaba en el extremo de su pierna mala, mucho más corta que la otra, una bota enorme, pesada y negra, como un yunque, en la que parecía residir el centro de gravedad de todo su cuerpo (está minuciosamente descrito en mi novela *Letra muerta*). Cenó con nosotros, servidos por un hermano lego que entraba y salía de la habitación como un fantasma. En algún momento me pareció que atravesaba la puerta en vez de abrirla. Hablaron de los planes de estudio del seminario. El rector señaló que habían reducido el bachillerato un año respecto a los estudios oficiales tras considerar que en un internado se podía hacer en cinco años lo que en el siglo se hacía en seis. Me llamó la atención la expresión «el siglo», que entonces no comprendí. También recuerdo que mi estómago se había cerrado de forma literal y que aunque intentaba comer lo que me presentaban, me resultaba imposible. Mientras masticaba, ensayaba una vez más el instante de la despedida. Lo había hecho mil veces, pero tenía la impresión de que no me iba a servir de nada. Sobre todo, me decía, no llores, no llores, por favor. Dios mío, si no lloro, haré lo que me pidas el resto de mi vida. Me atacó el pánico a llorar como a otros les ataca el de mearse en la cama.

Los adultos, que sin duda habían advertido mi ataque de angustia, pues debía de estar pálido como el papel en medio de la penumbra reinante, procuraban ignorarme, para no desencadenar una situación incómoda. Hablaban y hablaban, unas veces de prisa, otras a cámara lenta, de vez en cuando se producía un silencio de un segundo o dos, quizá más corto todavía, que mi pánico alargaba como si hubiera llegado el momento de la ejecución, pues yo estaba a punto de ser ejecutado. Continuaría viviendo, evidentemente, porque se trataba de una ejecución limpia, incruenta, pero una vez que mi padre y mi tío partieran en medio de la noche a bordo del Mercedes, un Juanjo habría muerto, dejando como resultado de aquella combustión un Juanjo inerme, desvalido, un Juanjo huérfano, desamparado, solo.

Y así se fueron, en medio de la noche, tras unos besos de trámite, pues también ellos, mi padre y mi tío, tenían miedo de que me echara a llorar. No sucedió. Logré detener milagrosamente el llanto a la altura del pecho. Aún continúa ahí. Jamás he llorado aquel momento, ni siquiera cuando me quedé solo.

Me acompañó al dormitorio el hermano lego que nos había servido la cena. Dijo que al haber llegado un día antes que el resto de los alumnos tendría que dormir solo y me preguntó si me daba miedo. Le dije que no. El esfuerzo de arrastrar la maleta por aquellos pasillos infinitos, por aquellas escaleras que me digerían a medida que las subía y las bajaba, me ayudaba a disimular el resto de los sentimientos y de las sensaciones físicas que me embargaban. La arrastraba con la desesperación o el pánico del herido que en el campo de batalla reúne sus vísceras y corre con ellas en las manos al hospital de campaña.

El dormitorio era una enorme nave con cincuenta o cien camas, no habría podido calcularlo, dispuestas en batería, separadas por una breve mesilla de madera. Estaba también muy mal iluminado. Vaciamos la maleta encima de mi cama, situada hacia la mitad de la nave, y el lego me asignó una taquilla para que ordenara en ella mi ropa. La maleta se la llevó él, pues se guardaban todas juntas en algún lugar, como una colección de ataúdes. Cuando me quedé solo, tras cerrar la taquilla y visitar el cuarto de baño, que estaba situado en un extremo del dormitorio, pensé que iba a llorar, pero el mecanismo del llanto, quizá por la presión que había ejercido sobre él, se había roto. No podía. Me puse el pijama, me metí entre las sábanas, cerré los ojos y me dije: Qué va a ser de mí.

EPÍLOGO

—

Un día, meses después de terminar este libro, metí las cenizas de mis padres en el maletero del coche, y salí con ellas rumbo a Valencia, dispuesto a cumplir su última voluntad, tantas veces aplazada. Al poco de tomar la autopista, sufrí una especie de alucinación según la cual conducía en realidad por el interior del libro al que acababa de dar fin. La carretera se encontraba dentro de mi novela, formaba parte de ella. Como el ensueño me proporcionara una suerte de extrañeza sugestiva, que no afectaba a mis reflejos, procuré no hacer nada que pudiera acabar con él. Los estados delirantes, en mi experiencia, son frágiles como burbujas. A veces basta con cambiar de postura para que desaparezcan y la realidad se precipite bruscamente a la literalidad que le es habitual. Por eso no puse música ni encendí la radio. Conducía con suavidad, sin prisas, procurando no realizar movimientos bruscos. Resultaba fantástico que aquel viaje tantas veces aplazado formara parte de la trama de *El mundo*, pues así había decidido titular la novela.

Al contrario que en la mayoría de este tipo de experiencias, la alucinación se mantenía de forma milagrosa minuto a minuto, quilómetro a quilómetro, manteniendo su textura onírica, su calidad de ensueño. Así, sin dejar de avanzar por la carretera, progresaba al mismo tiempo por la superficie de mi libro, aunque en sentido inverso a su escritura, ya que lo recorría desde atrás hacia adelante, en dirección a sus orígenes, hacia el primer capítulo, en el que hablaba de Valencia, que era también mi destino geográfico. Partí, pues, del instante mismo en el que me quedaba solo en el dormitorio del seminario, atravesé la zona de la academia, pasé a cien por hora por los relatos del *Reader's Digest* y llegué al capítulo de Nueva York, donde me encontraba con María José en un hotel de la calle 42. De un modo inexplicable, como sucede en las alucinaciones y en los sueños, el paisaje que se veía a través de la ventanilla era de forma simultánea un paisaje real —con sus campos y sus colinas y sus nubes y sus gasolineras—, y un paisaje mental, imaginado, escrito, una quimera.

Al atravesar cada uno de los capítulos del libro, los revivía intensamente, esta vez como espectador, quizá como lector, pues lo que sucedía en sus páginas se veía desde el interior del coche con la misma lucidez con la que se apreciaban los automóviles, a los que adelantaba con la facilidad con la que el bolígrafo se desliza por la cuartilla uno de esos días felices en los que tienes la impresión de escribir al dictado. Escribir bien presupone escribir al dictado de aquella parte de ti que permanece dentro del delirio cuando la otra sale de él para comunicarse con los demás o para ganarse la vida. Pensé que mi padre, en sus últimos días, comía dos veces porque alimentaba a dos partes del mismo sujeto. Había en él un padre convencional, un hombre a secas, pero también una especie de místico empeñado en construir un circuito eléctrico capaz de alumbrar problemas de orden moral.

Con estos pensamientos atravesé las zonas de la novela en las que se describía el sótano del Vitaminas, mi relación con él y con su padre, mi encuentro con el ojo de Dios, mi etapa de espía al servicio de la Interpol, mi fracaso con Luz... Aunque no me atrevía a mover un músculo por miedo a que el delirio desapareciera, empezó de repente a llover y tuve que accionar el mecanismo del limpiaparabrisas sin que por ello, afortunadamente, cesara la atmósfera alucinatoria. Llovía dentro de la novela, en algunos instantes con la misma desesperación con la que había llovido dentro de mi vida. Ahora iba por mi calle, por la calle de Canillas, aquella calle húmeda de mi infancia, con su fuente de pistón y sus casas bajas y hasta con sus moscas, pues tal era el detalle con el que se expresaba el espejismo. Vi a mi padre dentro de su taller, inclinado sobre un filete de vaca en el que infligía cortes de una precisión asombrosa con su bisturí eléctrico. Volví a escuchar la frase fundacional de esta novela, quizá del resto de mi obra (cauteriza la herida al tiempo de abrirla), y supe con efectos retroactivos que aquella fascinación de mi padre había constituido para mí un programa de vida. Un programa que seguí al pie de la letra, pues es consustancial al

225

hecho de escribir sentir daño y alivio al mismo tiempo. Quizá, después de todo, aquel niño frágil hubiera sido capaz de sacar adelante algo valioso, algo distinto al resto de los niños, algo que implicaba un grado de coraje que mi padre no imaginó jamás en mí.

Llegué a Valencia hacia el mediodía de un día muy nublado y frío, un día de invierno un poco amenazante, un día un poco triste, aunque no me di cuenta hasta que me vi fuera del delirio, del que había ido saliendo poco a poco, de un modo insensible, como se pasa de la vigilia al sueño. Creo que fue al atravesar el cauce del río seco cuando advertí que me había convertido en un hombre sin más, un mero individuo que conducía un automóvil en cuyo maletero llevaba las cenizas de sus padres. Nunca distinguí con tanta claridad aquellas dos versiones de mí mismo. La realidad había devenido en una extensión mostrenca, en una especie de cuadro de costumbres dentro del que la gente actuaba de un modo práctico, como si no existiera en su interior una dimensión onírica, una instancia delirante, como si la ciudad entera no fuese un delirio en sí misma. De súbito, me encontraba fuera de la novela, pero intentando llevar a cabo un acto (desprenderme de los restos de mis padres) que la completaría.

Así fue como Juanjo, es decir, yo, convertido en un hombre (a la manera en la que mi padre era a veces papá y a veces un hombre), alcanzó la playa de su infancia, aparcó el coche, salió de él, tomó las dos bolsas de El Corte Inglés y se dirigió con ellas a la orilla. Afortunadamente, sólo había un par de personas corriendo y tres o cuatro más paseando. Hacía un frío inusual para Valencia y el cielo estaba cubierto por un techo de nubes extrañamente próximo. Vacié primero las cenizas de mamá, sobre las que a continuación dejé caer las de mi padre, y permanecí allí, con las dos bolsas de plástico en las manos, esperando que una ola se las llevara. Pero no sucedió. Las olas eran muy débiles y cuando alcanzaban el montón se limitaban a humedecer su base.

Empecé a ponerme nervioso, pues me parecía mal dejarlas a la vista de todo el mundo, expuestas a que un perro las oliera o un paseante les diera una patada. Intenté entonces esparcirlas un poco, protegiéndome la mano con una de las bolsas de plástico, pero la humedad había convertido las cenizas en una especie de masa consistente sobre la que las olas pasaban sin ningún efecto. Me agaché de nuevo y extendí la masa sobre la arena fina para facilitar su disolución. Así logré que el mar se llevara una parte sustancial, pero la otra se quedó como impresa en la superficie de la arena, formando dibujos que parecían un alfabeto. Al final, siempre con la bolsa de plástico a modo de guante, tuve que tomar algunos puñados de aquellas cenizas mezcladas con la arena y arrojarlos lejos. Luego limpié minuciosamente las bolsas para desprenderme de ellas sin remordimientos.

Completada la operación, al abandonar la orilla con los zapatos mojados, advertí que un individuo me había estado observando desde un banco del paseo marítimo. Llevaba un chándal y una bolsa de deportes, por lo que lo primero que se me ocurrió fue que se trataba de un corredor. Luego noté que me seguía con la mirada mientras me dirigía inevitablemente hacia su posición, pero preferí no desviarme para no dar muestras de inseguridad (quizá también estaba prohibido arrojar restos humanos al mar). Cuando llegué a su altura, se dirigió a mí.

—Perdón —dijo.

—¿Sí? —respondí en guardia.

—No he podido evitarlo. Le he visto y me parecía que estaba arrojando unas cenizas al mar.

—¿Está prohibido? —pregunté con cierta carga agresiva.

—No es eso, es que, verá...

El hombre tragó saliva y comprendí que lo estaba pasando mal, aunque no lograba imaginar por qué.

—Es que, verá —continuó al fin—, yo vengo desde hace siete meses a este lugar con la idea de desprenderme de las cenizas de mi hija, pero aún no he sido capaz de hacerlo.

—¿...?

—Las llevo en esta bolsa. Mi mujer cree que están en el mar desde hace mucho tiempo. Le prometí que lo haría yo porque a ella le faltaba valor. Como voy al gimnasio todos los días, las guardé en su momento en la taquilla de la ropa y cada día las saco para traerlas aquí con intención cumplir mi promesa, pero siempre regreso con ellas.

—¿A qué tiene miedo? —pregunté.

—A abrir la urna —dijo—. Sé con la cabeza que dentro no hay más que cenizas. Pero como son las cenizas de mi hija...

—Las cenizas —le informé— están a su vez dentro de una bolsa de plástico que hay dentro de la urna.

—Ya.

Nos quedamos callados, evitando mirarnos a los ojos. Yo consulté el reloj con gesto de impaciencia, pues había decidido regresar ese mismo día a Madrid. Pero antes de que me diera tiempo a despedirme, el hombre empezó a contarme la historia de su hija, que se había matado en un accidente de tráfico, conduciendo una moto que le habían regalado cuando sacó el bachillerato. Repitió lo que hemos aprendido a decir en estas situaciones: que estamos preparados para la muerte de los padres, pero no para la de los hijos; que la muerte de un hijo implicaba un dolor con el que se podía pactar, pero no eliminar; señaló también que no era lo mismo no haber tenido hijos que haberlos tenido y perdido... No dijo nada que yo no hubiera escuchado en el cine o hubiera leído en las novelas, pero parecía que lo escuchaba por primera vez, pues su dolor, aunque repetido, parecía único. Después preguntó a quién habían pertenecido las cenizas de las que me había deshecho yo y le dije que a mis padres, pero no añadí nada más. No quería aumentar aquella intimidad que se estaba produciendo, a mi pesar, entre los dos. Le mostré mi solidaridad con la intención de fugarme de allí cuanto antes, pero él ya había empezado a decir que después de desprenderse de las cenizas de su hija se separaría probablemente de su mujer.

—Tal vez ésa es la verdadera razón de todos estos aplazamientos —añadió.

Le pregunté por qué asociaba una cosa a otra y dijo que no lo sabía, pero sentía que era así. Se me ocurrió, aunque no dije nada, que aquel hombre era capaz de convivir con el espectáculo de su propio dolor (quizá de su culpa), pero no con el de su mujer.

—Algunos días —continuó hablando— he pensado que si alguien me acompañara en el momento de arrojar las cenizas al mar, podría hacerlo. Pero no sé a quién pedírselo.

Comprendí adónde quería llegar y me disculpé asegurándole que tenía prisa. Después le tendí la mano, que apretó sin convicción, le deseé suerte y emprendí la retirada todavía con las bolsas de El Corte Inglés mojadas en las manos. Apenas había caminado unos pasos, cuando escuché su voz a mis espaldas. Me volví y dijo:

—Millás, écheme una mano.

Curiosamente, aunque Millás es también mi apellido, yo sólo escuché el de mi padre. Me vinieron a la memoria, de súbito, sus tarjetas de visita, los sobres que utilizaba para enviar sus facturas, el sello de caucho que estampaba junto a su firma... Millás. Fingiendo que yo también era Millás (pues en aquel instante el apellido se había desprendido de mí), lo acompañé hasta la orilla y le dije que debía destapar la urna con sus propias manos, él solo, que yo no podía ni debía ayudarle en eso. Le expliqué que al extraer la bolsa quizá se rasgara y parte de las cenizas escaparan a su control. Le señalé que no debía dejar los restos de su hija en la orilla, confiando en la violencia de las olas, porque las olas eran pacíficas. Le dije que si quería de verdad abandonarlas en el mar, tendría que avanzar un poco hacia el interior, tendría que mojarse. Tendría que mojarse. Me hizo gracia que una expresión utilizada por lo general en sentido figurado, para indicar que a veces en la vida es preciso correr riesgos, tuviera en aquellos instantes un valor literal.

El hombre seguía mis instrucciones dócilmente, como el neófito observa las advertencias del maestro. Quizá sólo necesitaba un narrador, una voz que al describir sus movimientos le empujara a ejecutarlos.

—¿Y ahora qué hago con la urna? —preguntó absurdamente.

—Abandónela en la taquilla de la ropa y cambie de gimnasio —dije.

El hombre rió con franqueza. Noté que se había liberado de un peso, que había cerrado un capítulo de su vida, que había roto un encantamiento que lo mantenía atado a una situación indeseable. Mientras regresábamos hacia el paseo marítimo, le pregunté de quién había sido la decisión de comprarle una moto a su hija.

—De mi mujer —dijo—. Yo me oponía porque soy una persona llena de miedos. Me opuse en su día también a que naciera para evitarle sufrimientos. Soy ese tipo de enfermo, así que no le guardo rencor a mi mujer. Si hubiera que repartir culpas, mi pánico en relación a los peligros que acechaban a nuestra hija era más mortal que sus imprudencias. Sucedió y ya está.

Sucedió y ya está.

Mientras regresaba a Madrid, pensaba en ese sucedió y ya está. Recordé un día en el que paseando por el campo, en Asturias, me detuve frente a una vaca que estaba a punto de parir y comprendí que el embarazo había sucedido dentro de su cuerpo como el lenguaje sucede dentro del nuestro. Comprendí que yo, finalmente, no era más que un escenario en el que había ocurrido cuanto se relataba en *El mundo*. La idea resultó enormemente liberadora. Quizá no seamos los sujetos de la angustia, sino su escenario; ni de los sueños, sino su escenario; ni de la enfermedad, sino su escenario; ni del éxito o el fracaso, sino su escenario... Yo era el escenario en el que se había dado el apellido Millás como en otros se da el de López o García. ¿En qué momento comencé a ser Millás? ¿En qué instante empezamos a ser Hurtado, Gutiérrez o Medina? No, desde luego, en el momento de nacer. El nombre es una prótesis, un implante que se va confundiendo con el cuerpo, hasta convertirse en un hecho casi biológico a lo largo de un proceso extravagante y largo. Pero tal vez del mismo modo que un día nos levantamos y ya somos Millás o Menéndez u Ortega, otro día dejamos de serlo. Tampoco de golpe, poco a poco. Quizá desde el momento en el que me desprendí de las cenizas, que era un modo de poner el punto final a la novela, yo había empezado a dejar de ser Millás, incluso de ser Juanjo. Recordé una foto reciente, en la que aparecía García Márquez rodeado de admiradores jóvenes. Me llamó la atención la expresión de su rostro, como si se tratara de alguien que se estuviera haciendo pasar por el cono-

232

cido escritor. García Márquez, pensé, ya no estaba del todo en aquel cuerpo. Me vinieron a la memoria también unas declaraciones de Francisco Ayala, pronunciadas en el contexto de las celebraciones de su centenario: «Qué raro», dijo, «me resulta escucharles a ustedes lo que dicen sobre mí». Tal extrañeza respecto a su propia vida sólo podía significar que él, en parte al menos, ya no estaba allí. Pero si no sabemos cuándo empezamos a ser Fulano de Tal, cómo averiguar en qué instante comenzamos a dejar de serlo.

No sé en qué momento comencé a ser Juan José Millás, pero sí tuve claro durante el viaje de vuelta (¿o el de vuelta había sido el de ida?) que aquel día había comenzado a dejar de serlo. Gracias a ese descubrimiento, el recorrido se me hizo corto.

Recuerdo que al llegar a casa estaba un poco triste, como cuando terminas un libro que quizá sea el último.

ÍNDICE

—

NOVELAS GALARDONADAS
CON EL PREMIO PLANETA

——

1952. *En la noche no hay caminos.* Juan José Mira

1953. *Una casa con goteras.* Santiago Lorén

1954. *Pequeño teatro.* Ana María Matute

1955. *Tres pisadas de hombre.* Antonio Prieto

1956. *El desconocido.* Carmen Kurtz

1957. *La paz empieza nunca.* Emilio Romero

1958. *Pasos sin huellas.* F. Bermúdez de Castro

1959. *La noche.* Andrés Bosch

1960. *El atentado.* Tomás Salvador

1961. *La mujer de otro.* Torcuato Luca de Tena

1962. *Se enciende y se apaga una luz.* Ángel Vázquez

1963. *El cacique.* Luis Romero

1964. *Las hogueras.* Concha Alós

1965. *Equipaje de amor para la tierra.* Rodrigo Rubio

1966. *A tientas y a ciegas.* Marta Portal Nicolás

1967. *Las últimas banderas.* Ángel María de Lera

1968. *Con la noche a cuestas.* Manuel Ferrand

1969. *En la vida de Ignacio Morel.* Ramón J. Sender

1970. *La cruz invertida.* Marcos Aguinis

1971. *Condenados a vivir.* José María Gironella

1972. *La cárcel.* Jesús Zárate

1973. *Azaña.* Carlos Rojas

1974. *Icaria, Icaria…* Xavier Benguerel

1975. *La gangrena.* Mercedes Salisachs

1976. *En el día de hoy.* Jesús Torbado

1977. *Autobiografía de Federico Sánchez.* Jorge Semprún

1978. *La muchacha de las bragas de oro.* Juan Marsé